EM TEU VENTRE

JOSÉ LUÍS PEIXOTO

Em teu ventre

COMPANHIA DAS LETRAS

A editora manteve a grafia vigente em Portugal, observando as regras do Acordo Ortográfico da Língua Portuguesa de 1990.

Capa
Mariana Newlands

Foto de capa
Lúcia Santos, Jacinta e Francisco Marto, as três crianças a quem a Virgem Maria revelou seus famosos "três segredos" em Fátima, Portugal, 1917. Atribuído a Joshua Benoliel.

Foto de quarta capa
Rosa Pomar

Revisão
Thaís Totino Richter
Jane Pessoa

Dados Internacionais de Catalogação na Publicação (CIP)
(Câmara Brasileira do Livro, SP, Brasil)

Peixoto, José Luís
Em teu ventre / José Luís Peixoto. — 1ª ed. — São Paulo : Companhia das Letras, 2017.
ISBN 978-85-359-2906-5

1. Romance 2. Romance português I. Título.

17-02741 CDD-869.3

Índice para catálogo sistemático:
1. Romances: Literatura portuguesa 869.3

[2017]

EDITORA SCHWARCZ S.A.
Rua Bandeira Paulista, 702, cj. 32
04532-002 — São Paulo — SP
Telefone: (11) 3707-3500
www.companhiadasletras.com.br
www.blogdacompanhia.com.br
facebook.com/companhiadasletras
instagram.com/companhiadasletras
twitter.com/cialetras

Claro que é uma mentalidade infantil, mas ela ensina-nos a levantar o nosso olhar para o Céu, onde sabemos que está Deus nosso pai, a Mãe bendita que Ele nos deu e vela por nós, os Anjos que Ele criou e destinou para guiar-nos e conduzir-nos nos caminhos da vida.

Irmã Lúcia de Jesus, *Quinta memória*

Nada pode atestar que o real é real, nada senão o sistema de ficção no qual ele desempenhará o papel de real.

Alain Badiou, *O Século*

MAIO

x

1 [1] Tudo começa pela
esperança.
[2] Antes dos objetos estão os
gestos que lhes dão forma,
[3] antes dos gestos estão
as ideias,
[4] antes das ideias estão
as emoções,
[5] antes das emoções estão
os sentidos,
[6] antes dos sentidos está
a existência nua,
[7] contemplação cega,
memória cega,
[8] antes da existência está
a esperança.
[9] Sou eu quem o diz.
[10] Se há proposta de vida, essa
certeza contém esperança.
[11] Sem esperança, há apenas
morte: no presente e no
futuro.
[12] Quando criei a natureza,
a primeira regra que determinei
foi: negar esperança é
uma ação contra a natureza.
[13] Todos os seres, principalmente
os que possuem pele,
têm o direito inequívoco
a alguma esperança.
[14] O uso que lhe dão é a sua
individualidade.
[15] Falo de quando criei a natureza,
como se esse trabalho
estivesse acabado.
[16] As palavras são imperfeitas

quando tentam dizer aquilo
que é maior do que elas.
[17] São imperfeitas também
quando tentam dizer aquilo
que parece ínfimo, dependendo
da proporção.

[18] Nesse caso, as palavras são
dedos que tentam apanhar
uma migalha, fazem
a forma de beliscá-la,
mas deixam-na lá, como
se fossem inúteis.

Deus continua a falar, mas não faz questão de que o escutemos, prefere que reparemos numa casa de paredes mal pintadas. E, mesmo através da neblina, talvez a madrugada esteja a ponto de nascer, consegue distinguir-se a cal a escamar. São as noites, invernos e verões, que arrancam aquelas lascas de cal; é o pó da rua que se levanta com aragens, carroças, desinquietação de crianças, e se cola às paredes conforme se cola ao interior dos pulmões. Não se vê ninguém, as pessoas e os animais foram subtraídos a esta imagem. A fachada da casa tem uma barra pintada, nivela o chão, tem duas janelas bambas e, ao centro, uma porta de madeira velha, com um postigo à altura do rosto dos donos; é uma porta cansada, a desfazer-se por baixo. É preciso subir quatro degraus de pedra para chegar a essa porta que nunca está fechada ao trinco. A casa tem um telhado, sozinho contra o tempo, tem uma chaminé quase torta e mais nada. No entanto, é uma casa que os olhos podem ver de muitos modos. À frente, sem pertencer à casa, mas pertencendo, há uma eira, limpa e lisa, pronta a malhar, disposta a todos os usos. Por detrás, está um quintal extremado por um muro de pedras empilhadas, sebe que não passa a altura do joelho, linha que não exclui, tudo é terra que os vizinhos aproveitam com adequação. Lá ao fundo, depois de uma ribanceira que desce, está o poço, tapado por uma superfície de lajes, remendos sobre terra ferida. As oliveiras inclinam-se para o poço como corcundas, como a desgraça, os anos castigaram-nas e até os ramos novos, coitados, nasceram com os nós torcidos por artroses, vítimas. Ainda assim, são árvores, pertencem à natureza, recebem notícias das outras oliveiras que se estendem na lonjura daqueles campos, onde também há muitas ervas secas, cardos e calhaus.

2 [1] A criação da natureza
é um trabalho de todos
os instantes.
[2] Só a perfeição está concluída
[3] e, mesmo esta, tem de aceitar
a imperfeição inacabada
quando lida com aquilo que
é incompleto, com palavras
ou sombras, com natureza,
instinto, gente,
[4] com a emanação invisível
de um passado mais remoto
do que o próprio começo
de tudo:
[5] a esperança.
[6] Tudo começa pela esperança.
Fui eu que escolhi esta palavra:
tudo.
[7] Sou eu que estou a dizê-la.
[8] Tudo termina pela esperança.

X

Tão fresca é esta brisa depois de um dia inteiro, tão leve é o seu toque nas cores por fim brandas, desnecessária a urgência por fim. Esta brisa atravessa o ar limpo, faz tremer as folhas prateadas das oliveiras, acende pontos de brilho no granito e passa pelas faces suaves de Lúcia. Está agachada perante uma sombra de terra limpa, quase arrumada ao muro breve do quintal. Há galinhas que se habituaram à presença da menina, aos seus movimentos repetidos. Lúcia joga com pedras. Esses gestos súbitos não perturbam as galinhas, que debicam torrões de terra e se queixam umas às outras com vogais que arredondam na garganta.

(Eu também passava horas nesse jogo das pedrinhas. Procurava meia dúzia de pedras de bom tamanho, não muito grandes, mais ou menos polidas. Eu gostava de fazer esse jogo na rua, à porta da casa da minha mãe, da tua avó. Teria a mesma idade dessa menina, uns nove ou dez anos. Juntava as pedras na mão e lançava-as com a força certa para rebolarem pouco; a seguir, escolhia uma, atirava-a ao ar e, nesse arco, olhando para dois lados, apanhava uma das pedras espalhadas e ainda tinha tempo de receber a que caía. A tua tia era mestra, não faltavam vezes em que, com cinco pedras na mão, recolhia a última. Eu não tinha esse jeito, sempre fui de mãos pequenas. Mas deixa, sei que isso não te interessa, tens outras preferências. Se quisesses saber, há muito que podias ter reparado nas minhas mãos; afinal, foi com elas que te dei tudo desde que nasceste.)

Neste tempo, esta luz. Só falta uma pedrinha. Lúcia tem as sobrancelhas compenetradas, aperta os lábios, ajeita as pedras que tem na palma da mão, os dedos a rodearem-nas, enche o peito e atira uma a boa altura. Há o momento em que esgravata a terra com a ponta das unhas para recolher a última pedra. Mas a outra caiu demasiado depressa, tropeçou no caminho. Lúcia não conseguiu apanhá-la. Tem de começar de novo.

(Duvido que sejas capaz de me imaginar com dez anos. Já fui nova, sabias? Quando nasceste, em setembro, eu tinha trinta e dois anos feitos em junho. Talvez consigas suspeitar o que foi para mim ter-te com trinta e dois anos, até acredito nisso. Lembro-me de estares na minha barriga, nos últimos meses era um barrigão, mas tu não és capaz de me imaginar com dez anos, duvido. Não sou essa menina que imaginas quando tentas imaginar-me com dez anos. Fui uma menina que nunca conhecerás.)

É agora. Lúcia apanhou uma pedra, duas, três, quatro, cinco. Falta só a última. Atira-a ao ar. Onde está a pedrinha que falta? Por um instante, desaparece na terra. Volta a aparecer logo a seguir, mas é demasiado tarde, já a outra está muito perto, transportando as suas arestas, fechando a sua queda: um golpe seco na terra, e rebola para onde fica esquecida. Com paciência, gestos demorados, Lúcia pousa as pedras que tem na mão e, entre o indicador e o polegar, segura na última, ergue-a da terra, levanta-a à altura dos olhos. O rosto da menina contempla um mistério.

És muito malandra, pedra. Por que não deixas que ganhe?

Desculpa, foi sem querer.

Preferes que escolha outra pedra e te deixe descansada?

Não é isso.

O que estás tu a fazer, rapariga?

Quando a mãe assoma assim à porta do quintal e larga esse grito, não é porque se interesse pela resposta. Lúcia põe-se de pé, dá um salto que assusta as galinhas e perturba a luz. As pedras ficam sozinhas na terra lisa. Lúcia tem a impressão de que atravessa o quintal durante as palavras da mãe, dentro delas. Ainda as escuta.

O que estás tu a fazer, rapariga?

E já está parada diante da mãe, o lenço desacertado pela corrida, três fiadas de cabelo coladas à testa com pó, o olhar baixo, as mãos juntas sobre a saia.

Pensas que a vida é só brincadeira? Tu pensas que a vida é só brincadeira?

Voz áspera, e apesar de se baixar para lhe procurar os olhos, apesar de repetir a pergunta, não quer saber da resposta. Desinteressa-se, vira-lhe as costas.

Vai lá ver se as galinhas puseram algum ovo.

Todos os momentos existem. Lúcia, dez anos, menina que caminha pelo quintal escuro. São os seus olhos que iluminam o presságio de cada passo. Lúcia sabe exatamente onde as galinhas se abaixam. Encontra-as recolhidas nos seus ninhos, enfia-lhes a mão delgada entre a palha e aquele morno onde as penas são mais maviosas. Encontra o único ovo na última galinha.

Perdoa-me.

Por que demoraste tanto tempo?

A mãe recebe o ovo para o escalfar na sopa e não quer mais conversa ou pensamentos. Mas Carolina já chegou. Lúcia aproxima-se da irmã e, em silêncio, assiste ao seu trabalho: depois de atear uma lasca de madeira no lume, carrega o fogo, protege-o com a palma da outra mão e pousa-o no pavio da candeia. Essa pequena chama alumia o rosto de Lúcia. O tempo detém-se, existe um instante. Nos cantos escuros da cozinha, sente-se ainda mais a ausência das irmãs casadas. Em algum lugar, andará o irmão Manuel, talvez no curral, a desembaraçar um nó, grato pela bondade dos animais. E também Glória terá o seu pouso, talvez na casa do forno, dobrada a varrer, a riscar o chão com o som de varrer. Falta o pai, todos começam a sentir a sua falta a partir das primeiras sombras do serão.

Lúcia mantém o rosto apontado à candeia, mas vê a maneira como a mãe bate com a casca do ovo para abri-lo e, lá dentro, encontra outro ovo; bate com esse na mesma aresta da panela de barro e, lá dentro, encontra outro ovo; e outro ovo, e outro, sempre assim, ovos dentro uns dos outros, até estar rodeada de cascas e, diante de si, incrédula, segurar um ovo ainda intacto.

x

Com os olhos abertos, os braços sobre a roupa da cama, estendidos ao longo do corpo, Lúcia vê pensamentos nos barrotes do teto. A presença de Carolina sente-se na mossa que deforma o colchão de palha. Às vezes, picada por dentro, nos sonhos, dá estremeções. Regressa depois ao seu fôlego santo, justo. Lúcia tem pena que a irmã não chegue com mais ganas de brincar; mesmo assim, escolhem sempre algum jogo silencioso durante o serão, no canto do lume, ou já na cama, num silêncio ainda mais exigente, até a respiração de Carolina se alongar, como um elástico da costura, que se estica até lá longe e que regressa também devagar. Então, ficam dispostas ao lado uma da outra, respeitando a geometria da cama. Glória dorme no seu próprio colchão, encostada a outra parede, muito bem-comportada. Noutro quarto, Manuel ressona com delicadeza. A chuva nas telhas é uma sombra que assenta sobre outra sombra, pontos que pousam em toda a superfície do telhado. Há um mundo lá fora que se lança de encontro a este mundo, a esta casa. Como uma corrente, de aço ou de rio, a voz da mãe atravessa paredes. Não se distinguem essas palavras encadeadas, mas Lúcia conhece-as pela música, habituou-se ao terço desde que nasceu, ainda antes de nascer. A mãe não costuma rezar as contas a esta hora, mas esses costumes andam alterados, há muita necessidade de oração. A mãe a fazer o sinal da cruz, ajoelhada a um canto do quarto, e o pai, acabado de chegar da rua, sentado na cama, a descalçar as botas, a descalçar as meias e a passar os dedos das mãos entre os dedos dos pés para caçar torcidas de surro. Lúcia nunca viu essa imagem, mas é capaz de lhe distinguir até os detalhes mínimos, a pequena volta que o pai faz com a ponta da sobrancelha, as pálpebras da mãe convictas e opacas. E, por detrás de cada pensamento, a chuva não para, como o tempo não para. Lúcia sabe que o tempo não para. Cada gota de chuva é uma palavra de Deus, resposta às orações permanentes. Ou talvez as gotas sejam olhos de Deus, multidão atenta, empurrada pelo vento e pela noite. Ou então está um Deus dentro de cada gota de chuva, e todos são o mesmo, e todos juntos têm o tamanho de um só, pousam no telhado e acomodam-se, escorrem pelas paredes, cobrem a casa inteira ou afundam-se diretamente na terra porque têm pressa de voltar ao céu.

X

Nenhum estorvo tem condão de lhe fazer frente.

Atravessa o pátio enraivecida contra as poças de água, a lama, as galinhas e esta hora da manhã. Leva a pele da testa engelhada e os olhos apertados pelas maçãs do rosto. Noutros dias, fazia este mesmo caminho, esta mesma linha diagonal, e quando ainda estava a bater as solas dos sapatos, antes de entrar na cozinha, já ouvia a filha mais velha a dar safanões no tear. Aproveitando a claridade, Teresa costurava diante da porta aberta. As irmãs encaixavam galhofa no ritmo do tear e, havendo sussurros repentinos, a mãe já sabia que falavam dos namorados. Maria dá um passo na cozinha, mas nem a filha Teresa está à entrada, fletida sobre a fazenda traçada a giz que lhe cobria o colo, nem a filha Maria dos Anjos tem o corpo sujeito aos movimentos do tear, os braços e a curva dos cotovelos no seguimento das peças de madeira, corpo-mecanismo. Encostada à mesa da cozinha, assustada e silenciosa, está apenas a órfã que Maria se comprometeu a criar. Por costume, os olhos exagerados da rapariga irritam-na, mas, agora, neste instante, está transtornada com a falta que as filhas lhe deixaram. Faz tenção de mandar a órfã limpar as coelheiras, mas as palavras não chegam a sair-lhe dos lábios.

(Pela maneira como escreves, dás a entender que o asseio é tarefa de pouco merecimento. Tu achas, por acaso, que os coelhos gostam de se espojar no esterco? Na minha vida, já tirei porcaria de coelheiras que chegava para levantar uma montanha. Garanto-te que não me fez mal nenhum, pelo contrário; e os bichos, se tivessem voz de gente, haviam de me agradecer. Mas esses teus modos pouco me surpreendem. Não esqueci o que custava levar-te para a banheira quando eras pequeno, só a toque de promessas ou de ameaças. Ainda hoje, passado este tempo, é um castigo convencer-te a arrumar o quarto.)

Bate a porta da despensa, precisa desse trovão no seu interior, e passa a palma da mão pelo rosto, como se o arrancasse, amarrotando o nariz, as faces, as sobrancelhas e os olhos. A filha mais velha, casada há menos de um ano, mora no outro lado da rua. Se Maria quiser vê-la neste momento, de certeza que lá a encontra. Teresa está a maior lonjura, foi em companhia do marido para a terra dele, voltam aos domingos, depois da missa, dispostos ao almoço e ao torpor dessas tardes. É com estas ideias que se convence a não chorar. Por estes dias, a cada passo, deixa escapar lágrimas que a desgostam. Sente o cheiro verde dos figos a rebentarem nos ramos e chora, recebe uma aragem súbita na nuca e chora, varre a cinza do lume apagado e chora. Estas fraquezas, parece-lhe, vêm do mesmo lugar que os afrontamentos. Entre todos os problemas, mais este: o ventre onde deu berço a sete filhos está a encarquilhar-se dentro dela. É, aos poucos, uma mulher ressequida, como essas árvores que mantêm o seu posto na paisagem, mas que deixam de ser atravessadas por seiva e que, no início do inverno, são desfeitas em lenha, despedindo-se humilhadas dos campos onde foram tudo. E da mesma maneira que qualquer pensamento enviesado lhe escalda as faces, como diante de um braseiro, também não consegue defender-se das comoções que a assaltam. Na boleia dessas tonturas, chegam lembranças terríveis, interditas. Contra esses pesadelos, encolhe-se, fecha os olhos com toda força e reza atos de contrição, pronunciando todas as consoantes, mas, por baixo dessas trevas e dessas palavras trituradas, está o rosto da menina que nasceu morta, a tirarem-na morta de dentro de si e a darem-lha, a segurá-la, as duas ainda unidas pelo cordão, ainda coberta de sangue, morta. E está o rosto dos outros filhos, a Maria dos Anjos, a Teresa, o Manuel, a Glória, a Carolina, tão pequena na época, quando souberam que a irmã que ia nascer, afinal ia morrer. Ainda a viram, deitada num caixão de pinho, o cheiro da resina misturado com o cheiro da morte, e rezaram juntos por ela, as vozes embaraçadas umas nas outras. Maria deslocou-se ao cemitério. Fez esse caminho sempre amparada pelo marido, não por quebranto, não por estes choros que agora a debilitam, mas por estar ainda bastante dorida, com uma toalha de pano turco entre as pernas. Sem afastar o olhar da menina, não admitiu uma lágrima, mordeu os lábios, mas quis que a menina morta fosse batizada com o seu nome, porque sabia que um pedaço de si morria e era enterrado com ela.

O problema do marido, não quer agora pensar no problema do marido. Fecha os olhos e, fixando-se em cada palavra, reza um pai-nosso. Mal consegue expulsar aquele pensamento, reza outro pai-nosso, este com muito vagar, só para retomar o fôlego.

Acreditou que não teria mais do que esses filhos: cinco vivos e uma morta. Dos vivos, quatro raparigas e o Manuel. Mas passado esse inverno, o marido não a largou. A meio da noite, bastas vezes, acordava já com ele em plena função. Prenha e velha, entregou-se a ave-marias sem conto e a três terços diários: ao acordar, ramelosa, enquanto ainda estavam todos a dormir; depois de almoço, na despensa, onde ninguém tinha ordem para entrar àquela hora; e ao fim do serão, já deitada na cama, derreada com dores nos rins. Assim, nasceu Lúcia, graças a Deus bendito, piedoso Salvador, nasceu bonita e logo a reclamar e a guerrear com a parteira. Encostada à porta da despensa, com o olhar parado no ponto onde se ajoelhou em todos os dias da gravidez, Maria pensa na filha mais nova e sossega. A esta hora, anda ela de roda das ovelhas, trabalho de criança que, por enquanto, lhe poupa fadigas. Que aproveite bem essa regalia, as irmãs Glória e Carolina já precisam de amargar. Voltam debaixo de penumbra sem uma queixa, ai delas, trazem as meias saturadas de tojos e folhas de carqueja que se agarram à malha, trazem as caras precisadas de lavagem. Conforme mandado do pai, derretido com a pequena, Lúcia toca as ovelhas para casa mal abranda o calor. Nessa volta, deixa os primos e o rebanho dos primos e segue só com os seus bichos, encaminhando-os para o curral, onde o Manuel, em chegando do campo, lhes dará o tratamento devido para se fazerem à noite. Mas isso será depois, ainda com muita tarde pela frente, acabada de chegar, disposta a continuar a brincadeira com os companheiros de toda a jornada, Lúcia espera pelos primos; pouco falta para que se apresentem, a mais influída é a Jacinta, e se lancem em tropelias de bom e mau jeito. Recomposta, conformada, um longo suspiro, Maria escolhe um naco de carne da salgadeira, vira-o e revira-o, sacode-lhe o sal e corta-o com uma faca de lâmina gasta, bem amolada. Então, tocada por um ímpeto, corta uma tira de toucinho, irá ofertá-la ao primeiro pobre que lhe apareça a estender a mão. Quando regressa à cozinha, como se apenas existisse aquele momento natural, a órfã ainda está encostada à mesa, no mesmo temor suplicante, como se não tivesse bulido um sopro, paralisada. Maria contém-se. Escolhe uma folha de couve, corta-a pelo talo e embrulha o toucinho. Abre a gaveta da mesa e acomoda-o, aí vai esperar pelo pobre que o trincará. A órfã tremelica os olhos, prepara-se para uma pedrada que não sabe de onde virá. Há um compasso de silêncio.

Estás a olhar para quê? Nunca viste? Há quanto tempo não limpas as coelheiras? Vá, vai buscar o sacho, o balde e ala, vai. E nem penses em voltar enquanto não deixares as coelheiras como é devido. Ou estás convencida de que é só manducar e boa vida? Aqui, só come quem trabalha, minha menina.

X

O vento levanta Lúcia a mais de um palmo do chão. É insólita a falta de terra debaixo dos sapatos cardados, as plantas dos pés livres desse peso. O vento arrasta Lúcia pelas ruas da aldeia, as paredes das casas são manchas embaciadas, as árvores e as plantas também, os animais também, as pessoas também. Lúcia distingue alguns sons dentro do grande rugido do vento, vozes fugidias, os sinos da igreja, e percebe que ela própria se transformou em vento. As suas pernas são transparentes, os seus contornos são imprecisos.

Só mais uma. Vamos lá, só mais uma.

Lúcia ganha todas as corridas a Jacinta, mas a pequena continua a puxar-lhe o pulso. O céu está cheio de pombos, devem pertencer àquele homem que mora sozinho na última casa da aldeia, viúvo, Lúcia não se lembra do seu nome, tem voz grossa, parece que está sempre rouco. Lúcia imagina-o a comer carvão, a encher a boca de carvão e a mastigar.

Francisco está encostado a um muro de pedras, tem os olhos no interior de uma sombra. Lá ao fundo da rua, uma mulher muito velha, muito torta, equilibra um carrego de chamiços na cabeça. Ao rés das paredes, há cães que se levantam devagar, dão alguns passos e voltam a perder as forças. Francisco parece triste com tudo isso, como se a sua idade, nove anos, lhe permitisse uma tristeza própria.

Só mais uma. Vamos lá, só mais uma.

Lúcia tem uma fileira de pintas de suor a crescerem-lhe no topo da testa, acompanham a linha dos cabelos, puxados para trás pelo lenço mal-amanhado. Solta o braço e livra-se da pequena, não olha para ela, contorna-a. A voz de Jacinta, esganiçada, permanece ainda no ar depois de si própria, mistura-se com a claridade e com o arrastar dos sapatos na terra solta. Lúcia toma o sentido da sua casa, decidida. Jacinta segue-a logo, partidária imediata dessa decisão; Francisco reage mais tarde, dá ordem a cada gesto e, sílaba por sílaba, desencosta-se do muro, do musgo seco, e avança devagar atrás das mocinhas.

(Todas as pessoas têm direito a descanso, menos as mães. Para cada tarefa, profissão ou encargo há direito a uma folga, menos para as mães. Se alguma mãe demonstrar a mínima fadiga de ser mãe, haverá logo uma besta, ignorante de limpar baba e de parir, que se oferecerá para a pôr em causa. Não é mãe, não sabe ser mãe, não foi feita para ser mãe, dirá. Mas, se todas as pessoas têm direito a descanso, será que as mães não são pessoas? A culpa é nossa. Sim, a culpa é das mães. Deixámos que fossem os filhos a definir-nos.)

Em fila, caminham pela vereda ao lado da casa e chegam ao quintal. Enquanto Lúcia dá alguns passos na cozinha e enche um púcaro com água do cântaro, a mãe larga um farrapo em cima da mesa, amacia a voz e mete-se com Jacinta. Gosta de rir-se com as respostas da pequena, benditos sete aninhos, é de esperteza a rapariga. De olhos arregalados, Francisco dá fé à prosa da tia, concordante, sem saber se pode sorrir. Lúcia bebe a água devagar, fresca e salitrosa, não oferece a ninguém. Pousa o púcaro e escolhe o caminho pelo meio da conversa, atravessando as palavras, orgulhosa e indiferente. No quintal, a luz desenha todos os detalhes dos ramos das oliveiras e lança-se oblíqua sobre a terra.

Ó prima, vamos jogar às pedrinhas.

Lúcia deixa de escutar a voz de Jacinta, dissolve-a na cor que lhe tinge os pensamentos.

X

Lúcia, para quieta, não vês que a mãe está triste?

Após estas palavras sussurradas, Lúcia levanta o olhar sentido para Glória. Então, em silêncio, Lúcia fala à noite:

Não te custa, eu sei. Se quiseres, escolhes um momento entre todos os que passam pelas estrelas lá fora, pela superfície do céu que é apenas negra, escolhes um momento entre todos os que passam aqui pelo lume, pelas brasas que adormecem ou morrem, cobertas por uma camada de cinza branca, que passam pelos intervalos em que não se escutam talheres a bater nos pratos, pelos olhares, escolhes um momento e ficas nele, se quiseres. Será como se, a meio do caminho, decidisses olhar em volta. Não te peço que deixes de chegar onde tens de ir, apenas que esperes um pouco, quase nada, para ti é nada, tens a eternidade inteira, tens os tempos dos tempos, peço-te apenas que esperes pelo meu pai. Espera pelo meu pai, por favor.

Mas a noite, como se não tivesse ouvido, segue lenta e contínua. Lúcia pensa que o corpo da noite é demasiado grande. Talvez a noite queira parar e não consiga. Lúcia tem pena da noite.

* * *

Quando a órfã termina de lavar a loiça, segura o alguidar com as duas mãos, levanta-o e vai entornar a água ao quintal. Quando volta, já Carolina está à sua espera, entrega-lhe duas fatias de pão com pingo. A órfã recebe-as de olhos baixos, diz boa-noite, é uma mancha sumida. A órfã sai pela porta da rua. Quando chegar a casa, já terá o seu pai à espera, curioso pelo jantar que a filha lhe leva. A ausência desta figura silenciosa traz ainda mais desconsolo ao silêncio da cozinha. Talvez a mãe sinta essa gradação porque, encostada à pia, virada para a parede, começa a chorar. Manuel continua fechado na cisma que o puxa. Glória lava o tampo da mesa muito devagar com um pano molhado, mecânica e distante, sentindo os veios da madeira em gestos longos. Da imagem da mãe, do tremor das suas costas mal iluminadas, soam soluços abafados na garganta. Lúcia procura a compreensão de Carolina, mas a irmã não está lá, deixou o corpo para trás, deixou um choque suspenso no seu rosto vazio e desapareceu. Lúcia percebe que, de repente, ficou sozinha com a mãe a chorar.

3 [1] Não há neste mundo razões que mereçam uma lágrima tua.
[2] Crio um instante e, nele, reúno a memória de todas as vezes em que choraste, antes e depois de me conceberes.
[3] Aceito a generosidade do teu pranto, a justificação profunda que encontraste para a mágoa em cada momento,
[4] mas, na proporção real da justiça, juro-te com firme certeza que, nem mesmo quando me viste passar no Calvário, carregando todo o mal da humanidade, houve motivo merecedor de uma lágrima tua.
[5] O ser maligno é comum e disseminado, mas

a candura existe em
pouca quantidade.
[6] Foi exatamente nas tuas
lágrimas, mãe, que condensei
a pureza mais límpida
e mais rara.
[7] De cada vez que uma lágrima
tua se esvai, são todas
as coisas, conscientes ou
ignorantes, que perdem esse
património precioso.
[8] Quando choras, mãe, o
mundo inteiro chora contigo.

Este serão é lento na aflição de Lúcia. Depois de muito, há um momento em que a mãe tira o lenço que traz enrodilhado na manga e se assoa. Como se marcasse uma fronteira no tempo, esvazia bem o nariz. Mantém o olhar com que esteve toda a noite, o rosto sem força com que deu graças antes do jantar, substituindo o marido. Lúcia ouviu essas graças sobrepostas à voz do pai, que escutava com muita clareza na memória. *Onde está vossemecê, pai?* Notando mudança, percebendo que a mãe parou de chorar, Manuel abre a boca, permite o sono por fim. Ao dar balanço para se levantar, Carolina arrasta o banco. Antes de mais ação, a mãe faz ouvir a sua voz, pede aos filhos para rezarem uma oração juntos. Na casa de fora, a mãe faz o sinal da cruz perante o crucifixo e ajoelha-se, os filhos ajoelham-se com ela, um passo atrás. A mãe tem as mãos afundadas uma na outra. Inicia uma ave-maria sobre o silêncio, os filhos acompanham-na. Lúcia, a pouca distância, abre os olhos e assombra-se diante da fé com que a mãe enche o peito de ar. Volta a fechar os olhos e copia-lhe esse credo com fidelidade absoluta.

Santa Maria, mãe de Deus, rogai por nós.

X

Jacinta é teimosa a persegui-la, corre atrás dela em passos miúdos, tropeça às vezes na terra, mas o seu desejo é passar à frente e falar-lhe aos olhos. Jacinta não se cala, falta-lhe o ar a meio de frases, inspira e continua, tem voz de criança.

Ainda não estão boas, tu não vês que ainda não estão boas?

Deves saber muito de maçãs, tu.

Lúcia aproxima-se da macieira e analisa os ramos, estão carregados. A pequena aflige-se a rodeá-la. Francisco pousa a mão no ombro da irmã. Jacinta não o sente e só fica sem palavras quando Lúcia escolhe uma maçã e a puxa. A fruta custa a desprender-se, separa-se com estrondo, abanando a árvore inteira, derrubando meia dúzia de folhas. À sombra da macieira, a manhã ainda é fresca. Os pássaros traçam arcos e outras figuras caprichosas no céu, têm espaço e vagar. As ovelhas, dormentes, não dão problemas, mantêm-se no campo que lhes é devido, rodeadas de pasto com fartura. Lúcia limpa a maçã na saia, olha-a, verde, demasiado redonda, e ferra-lhe uma dentada. Os primos assistem arrelampados. Lúcia mastiga muito devagar, o silêncio, e engole.

Sabe a mel.

Então, Lúcia deixa a prima imitá-la. Jacinta escolhe uma maçã e morde-a com os olhos arregalados. Depois de um instante, o seu rosto transforma-se numa careta ácida. Lúcia continua a olhá-la com a mesma satisfação.

Agora, tens de comê-la toda. Ou pensas que as maçãs do meu pai são para estragar?

Bendita sois vós entre as mulheres, e bendito é o fruto do vosso ventre.

À sombra, os primos ajoelharam-se atrás de Lúcia e, em voz mais baixa, rezaram antes de almoço. A mastigar a última côdea, sentada na terra, Lúcia ainda pensa na mãe. Falta pouco para o meio-dia. Algumas ovelhas chegam-se ao rego de água, são as borregas prenhas que mais bebem. Tanto no rebanho de Lúcia como no rebanho dos primos, há umas poucas à beira de parir. Quando começar a primeira, as outras não demorarão a deitar para fora os seus borregos, tortuosos, esquálidos, e a placenta logo a seguir, grande bolsa de sangue e sebo. Lúcia e os primos já viram muitos borregos a nascer. Agora, parece silêncio o rumor deste pequeno rego de água. Parece paz esta terra que alberga toda a vida futura no seu interior. Mas, de repente, Lúcia levanta-se. Os primos seguem-na. Lúcia e os primos avançam retos, desconsideram veredas, e, sem precisarem de palavras, ficam parados diante de uma pequena azinheira.

x

4 [1] Eis o teu rosto iluminado
por esta hora de maio.
[2] Ao filho autêntico, basta
fechar os olhos para encontrar
o rosto da sua mãe.
[3] A fronteira que separa o dentro
do fora é vaga
de propósito, mais exata
é a fronteira dos meses.
[4] Mãe, as tardes de maio não
são um acaso.
[5] Pus um pouco de ti naquilo
que fiz de mais importante.
[6] Onde existir terra estás tu,
dás força e horizonte.
[7] O ar não permitiria
respiração se não te
contivesse.
[8] A água não seria capaz de
alimentar sem a tua presença
líquida.
[9] O fogo não chegaria a acender
se não incluísse o teu
mistério no seu mistério.
[10] Estavas já no primeiro início
do firmamento, nesse rugido
que encheu a superfície do
céu e da terra, que rasgou as
trevas; da mesma maneira,
estarás no seu último fim.
[11] Estás antes e depois.
[12] Estás na lenta passagem
da eternidade.
[13] Mãe, atravessas a vida
e a morte como a verdade
atravessa o tempo, como

os nomes atravessam aquilo
que nomeiam.
[14] Sabes que criei tudo o que
há e sabes também que não
criei tudo o que poderia
haver.
[15] Entre as faltas evidentes,
estão palavras capazes
de dizer a tua beleza.
[16] Indistintas do silêncio,
essas palavras esperam por
um tempo que não chegará
a tua beleza seja impossível.
[17] Essa é a natureza do divino,
existe e é impossível.
[18] Mãe, a falta de palavras
para dizer a tua beleza não
é um acaso.
[19] A tua beleza não quer
ser dita, prefere ser
contemplada.
[20] Os olhos não têm a
ambição de possuir.
[21] A tua beleza é a tua
liberdade.
[22] Por isso, mãe, por amor
e respeito, pus um
pouco de ti em tudo
o que fiz.
[23] Não se pode olhar para
qualquer ponto desta obra
sem te ver.
[24] Mãe, este instante não
é um acaso.
[25] Em tudo o que fiz bem
pus um pouco de ti.

X

Não penses que esta é uma casa de mentiras. Ninguém está aqui disposto a aturar mentirosos, menos ainda acerca de um caso tão sério. Alguma vez me viste a mim ou ao teu pai a inventar intrujices? Alguma vez viste as tuas irmãs ou o teu irmão, coitado, a zombar desse tipo de assuntos? Ai, Lúcia, que eu não mereço metade das arrelias que me dás. Parece que não bastam as tantas que já tenho, a deitarem-me abaixo todos os dias, e ainda te vais lembrar de mais moléstias. Para que é isso, filha? Não te falta pão, não te falta descanso, não te falta brincadeira. Ganha consciência. Tu não vês que isso não está bem-feito? A própria Nossa Senhora se apoquenta com estas coisas, nem é bom pensar. Vá, ainda estás a tempo de compor este engano. Estás a ouvir? Tu estás a ouvir? Olha que eu vou mandar chamar os teus primos e eles vão dar-te como mentirosa. Olha que eu mando a tua irmã ir chamar os teus primos e eles, já sabes, vão dar-te como mentirosa. Tens a certeza de que não queres dizer nada? Estás a ouvir? Não queres dizer nada? Responde. Tu não queres mesmo dizer mais nada?

Não, senhora.

Jacinta entra na cozinha, como se tivesse vindo a correr, olhos ágeis. Francisco, muito mais pesado, chega quando a irmã já perdeu a força sob os olhares da prima e da tia, caladas e sérias. Carolina fecha a porta da rua e fica parada atrás da mãe. A voz de Maria, brusca, amedronta Jacinta, faz um eco grave no seu interior.

Tu falaste com a Nossa Senhora?

Desprevenida, Jacinta abana a cabeça, não-não-não, como um ratinho nervoso ou como outro animal, igualmente pequeno e nervoso. No mesmo balanço, a voz da tia continua a meter-lhe medo.

Tu ouviste a Nossa Senhora dizer alguma coisa?

A cabeça de Jacinta só tem aquele movimento, não-não-não. O terror seca-lhe os olhos. Maria vira-se para o sobrinho.

E tu? Também ouviste a Nossa Senhora?

Após uma pausa desconsolada, sem levantar o olhar do chão, Francisco nega com a cabeça. Maria não lhe pergunta se falou com a mãe de Deus, a resposta é certa. Francisco mal fala com ela, que é sua tia, menos falaria com Nossa Senhora.

O ar da cozinha não tem tempo, só tem sombra.

Jacinta encontra o rosto furioso de Lúcia, a fixá-la de lábios apertados.

Mas eu vi a Senhora, eu vi-a.

A voz de Jacinta, muito sumida, quase não se faz ouvir. As suas palavras atravessaram uma enorme erosão antes de serem ditas. Maria começa por duvidar do seu entendimento, parece-lhe que essas palavras não existiram. É só depois de recapitular esses instantes que se enraivece, seria talvez capaz de partir a mesa com um murro de mão fechada. Em vez disso, levanta-se e empurra os ombros dos sobrinhos, mete-os na rua.

Rogai por nós, pecadores, agora e na hora da nossa morte.

Depois de jantar, em coro, rezam uma ave-maria por ordem da mãe, preocupada com as vinganças que a Virgem possa lançar sobre a família. O pai ainda não chegou a casa. Vamos pagar todos por esta farsa. Uma mentira é como uma semente daninha, é espontânea e sem lei, pode cair em qualquer terreno. Aí, germina à pressa, agarra-se a qualquer torrão de terra e chupa tudo o que pode, rouba tudo o que for capaz. Tens agora o condão de arrancar essa mentira rente à raiz.

Os olhos da mãe não lhe dão descanso. As irmãs arrumam a cozinha em silêncio, escutando esta toada. O irmão está talvez no curral a tratar do rebanho. A órfã dirige-se ao alguidar onde vai lavar a loiça.

Estás a ouvir? Nunca pensei que me calhasse uma vergonha destas na minha vida. O senhor prior mandou dizer que quer falar contigo. Se não me dás respeito a mim, que sou tua mãe, que te carreguei nesta barriga durante meses e meses, à custa de sofrimento que só eu sei, ao menos espero que o respeites a ele.

A órfã afasta a panela da sua cama de brasas, a água já deve estar morna. Quando a verte, é um jorro de sangue grosso que se lança sobre o alguidar. Ou a água se transformou em sangue, ou a panela sempre esteve cheia de sangue. A mãe, as irmãs e a órfã não reparam. Atenta, Lúcia assiste a esse fenómeno sem o comentar. O alguidar enche-se de sangue vivo. Então, nesse silêncio, começa a chuva de fogo. Labaredas de fogo atravessam o ar, primeiro a pouco e pouco, logo a seguir sem interrupção.

JUNHO

x

(Entender os outros não é uma tarefa que comece nos outros. O início somos sempre nós próprios, a pessoa em que acordámos nesse dia. Entender os outros é uma tarefa que nunca nos dispensa. Ser os outros é uma ilusão. Quando estamos lá, a ver aquilo que os outros veem, a sentir na pele a aragem que outros sentem, somos sempre nós próprios, são os nossos olhos, é a nossa pele. Não somos nós a sermos os outros, somos nós a sermos nós. Nós nunca somos os outros. Podemos entendê-los, que é o mesmo que dizer: podemos acreditar que os entendemos. Os outros até podem garantir que estamos a entendê-los. Mas essa será sempre uma fé. Aquilo que entendemos está fechado em nós. Aquilo que procuramos entender está fechado nos outros.)

X

Lúcia fixa a cabeça cortada da galinha, tenta reconhecê-la. *Podes abrir os olhos?* A galinha não responde e não abre os olhos. De crista murcha, tem o bico desencontrado e seco. Com a ponta dos dedos, Lúcia abre-lhe o bico e analisa a língua fina. Glória e Carolina aguardam que a mãe despeje a panela de água a ferver sobre o alguidar, sobre o corpo decapitado da galinha. A água forma uma nuvem de vapor, primeiro entalhada no ar da manhã e, logo a seguir, desfazendo-se ao sol. O tempo sente-se muito durante cada instante. Cuidado, cuidado, Glória e Carolina carregam o alguidar com passinhos curtos, despejam a água na terra, cheiro de canja suja. Trazem o alguidar e o corpo da galinha de volta à sombra. Agora, a pele está macia e as penas saem às mãos-cheias, estalam quando Glória e Carolina as puxam com gosto. Larga isso, diz a mãe ao passar por Lúcia, e segue caminho para qualquer tarefa que não pode adiar. Lúcia deixa a cabeça cortada, levanta-se e chega-se às irmãs, entretidas, dobradas sobre o corpo da galinha. Muito perto, estão as outras galinhas, Lúcia olha-as, debicam miudezas na terra, como se não soubessem que falta pouco para o domingo em que chegará a sua vez.

* * *

5 [1] A vida é um tempo indiviso.
[2] Nenhuma provação pode ser recusada sem que se recuse a própria vida.
[3] A esse respeito apresento uma parábola: Era um homem trabalhador;
[4] sem ajuda, deu conta de uma seara que bastava de alimento ao inverno de uma aldeia.
[5] Mas, quando chegou a época, recusou-se a ceifá-la e, por maus cuidados, a seara morreu devagar diante dos seus olhos.
[6] Percebeu tarde que, durante uma vida completa, as espigas também são farinha e pão.
[7] Assim se compreendem os meandros dos rios mais irregulares:
[8] as contrariedades são tão indispensáveis como as grandes vitórias.
[9] Aos olhos de Lázaro, a morte é uma idade.
[10] Para os justos, não há mais pesar depois do fim do que antes do início.
[11] Nada falta ao tempo.
[12] Que esta verdade se espalhe, pois é uma das primeiras.

No meio da rua, diante da porta aberta, as irmãs esperam pela mãe. Lúcia tenta ter a mesma idade do que Carolina e do que Glória. Lá mais à frente, quase no largo, arrumados a uma tira de sombra, Manuel e o pai olham cá para baixo. Só eles sabem ao certo porque sorriem, talvez achem graça à cegueira das raparigas, vaidosas pelas roupas engomadas bem cedo, as primeiras brasas do lume a irem direitas para o ferro. Antes de porem uma gota de café na boca, antes de cuidarem dos animais, já as irmãs andavam desinsofridas com o tratamento das roupas. Manuel e o pai sabem que esse é o costume de todos os domingos, talvez sorriam por causa do cachorrinho que ciranda entre as raparigas, levanta o pescoço à procura de atenção. Carolina não repara nele, está absorta numa ideia calada. Partilhando essa indiferença de crescida, Lúcia finge que não o vê. *Não te estou a ver, cão pequenino e chato.* Glória levanta uma ponta da saia e empurra-o com o pé, tenta convencê-lo a voltar para o quintal, mas o cão firma o rabo, teimoso e bebé. No outro lado da rua, Maria dos Anjos, a mais velha, sai da sua casa, cumprimenta as irmãs quase em silêncio. O marido sai logo depois, é ele que puxa a porta. Enquanto Maria dos Anjos sobe os degraus e assoma na casa da mãe, sem querer apressá-la, o marido vai ligeiro no sentido do sogro e do cunhado Manuel. A mãe sai de casa e, ao subir a rua, olha para longe. As filhas seguem-na, Lúcia é a mais compenetrada. Os homens certificam-se do ritmo das mulheres e caminham com alguns metros de avanço. Os passos de toda a família são marcados pelos sinos a chamarem para a missa. Lúcia olha para o pai, que caminha à sua frente, solar e bem-disposto. Acompanhando as irmãs, Lúcia lembra-se de quando era mais pequena e o pai a levava sentada no ombro durante todo o caminho até à missa.

As chamas afundam-se no interior das velas.

Os homens deixam o seu lado do presbitério com mais pressa. Quando se levantam, só veem a rua. As mulheres olham umas para as outras. Se são surpreendidas nesse interesse, sorriem com amabilidade ensaiada. Depois de um choque branco, depois de habituar os olhos ao sol refletido na cal e nas pedras, Lúcia distingue o pai a rir para homens que ela não conhece. A pouca distância de Lúcia, há gente que abranda para reparar no seu rosto, tapam a boca com a mão ao dizerem qualquer coisa. Lúcia baixa o olhar. Durante a prédica, pareceu-lhe que o padre estava a falar dela; quando mencionou Nossa Senhora, Lúcia corou, sentiu que todos os olhares a queimavam. Jacinta aproxima-se da prima, desperta-a com a sua estridência infantil. No mesmo instante, a mãe de Lúcia chama-a, é hora de ir para casa, agora já.

Teresa equilibra colheradas de ervilhas entre a travessa e o prato do marido. Lúcia já está servida, admira-se com o jeito da irmã para inclinar a assadeira e encher a colher de molho, que entorna sobre a carne, as batatas e as ervilhas. É uma assadeira pesada, de barro vidrado, está no centro da mesa. Teresa tem de se levantar para servir o marido, que arregala os olhos durante esse serviço, engole em seco. Esta é a primeira, há outra que ainda está no forno, também com pedaços de galinha e batatas cortadas em cubos. Lúcia sente a presença de todos, principalmente a presença de Teresa, que mora longe e só vem aos dias santos. Passa um instante em que estão calados. Manuel está calado também, soluça quando Maria dos Anjos fala na guerra. É fácil levar um tiro. A mãe ainda não se sentou, ou porque quer garantir que não falte o pão que fez ontem, ou porque faz questão de se sentar apenas quando todos já tiverem comido, quando lhe implorarem que também se sente e almoce. A guerra, a guerra, diz Maria dos Anjos. No momento em que o pai acrescenta um par de frases à conversa e diz o nome do filho, a comida deixa de fazer proveito a Manuel e a mãe começa a uivar baixinho. A órfã traz uma saladeira para a mesa. No quintal, debaixo desta hora luminosa, custa imaginar que, noutro lugar, haja homens a matarem-se à bala, à bomba, à facada ou como calha. Com a exceção de Lúcia, que é pequena e compreende menos o que é uma guerra, compreende menos o que é morrer, todos temem por Manuel, incluindo ele próprio. A idade está a puxá-lo para uma guerra distante onde só se morre. É triste. Na mesa fica o silêncio de todos e o gesto do marido de Teresa a afastar um osso da boca e a largá-lo, roído, sobre o prato. Após esse barulho seco, é Teresa que puxa o assunto de Lúcia e da visão de Nossa Senhora. Como foi isso? Lúcia depenica uma asa de galinha e essas palavras criam-lhe uma segunda pele sobre a pele, a escaldar. Doem-lhe os olhos. Antes que possa responder, a mãe chega de um lugar invisível, aparece e exalta-se. Numa gritaria que espanta a todos, diz que não tolera mentiras, que não tolera ofensas à Virgem, benze-se duas vezes seguidas, diz que está cansada.

(À hora de almoço, só precisavas de ocupar o teu lugar à mesa. Mesmo assim, ainda te achavas no direito de me acusar de sal a mais ou a menos. Nunca valorizaste o meu cansaço, porque sempre ignoraste o meu trabalho e o meu transtorno. Agora, juntas estas palavras como se realizasses uma grande façanha. É bem feito que os que estão a dormir sejam os primeiros a criticar-te adjetivos. No fundo, acontece-te com eles o mesmo que me acontecia contigo: por aparecer feito, supunhas que não custava nada.)

Nunca lhe explicaram, não é próprio para uma menina, ela tem pouca vontade de aprender. Lúcia não compreende os detalhes do jogo de cartas que anima o pai e os amigos, mas entende que o pai está a ganhar quando levanta a voz e bate com as cartas no tampo da mesa improvisada: a portinhola da carroça sobre dois cavaletes. Os estrondos fazem os pardais saírem disparados dos ramos das árvores. Nessas vazas, as gargalhadas do pai estalam no ar. Leva o copo de vinho aos queixos, bebe o resto de uma só vez e sussurra uma interjeição que exprime contentamento da garganta. Lúcia não perde nenhum desses trejeitos. O ar é fino, carrega o sabor e a sombra dos montes e dos cabeços, perfume de eucaliptos, pinheiros, seiva velha de oliveiras. Parece um tempo simples. A mãe interrompe uma conversa para acudir ao chamamento do marido. Pede-lhe que jogue algumas partidas com eles. Os homens exigem desforra porque ela ganha sempre. Sem responder, Maria senta-se e aposta um tostão. Lúcia alegra-se com o sorriso da mãe.

X

Estás carregada de trunfo.

Maria não responde ao marido, parece que não o ouve, apenas vê as cartas que estão em cima da mesa e as cartas que tem na mão, divididas por naipes, arrumadas no momento em que as recebeu, baralhadas pelo Anastácio. O marido exalta-se, faz as cartas estalarem na madeira, levanta a voz. Maria só fala em momentos imprescindíveis, pousa as cartas na mesa com gestos razoáveis, deixa que o barulho nasça da surpresa de cada jogada. Depois da última vaza, recolhe as moedas de tostão. Escolhe a sua, exatamente a que apostou, e guarda-a. Põe todas as outras no centro da mesa. Os homens esfregam as mãos e cobrem a aposta, o marido dá voz a esse entusiasmo. Lúcia e as irmãs não se atrevem a aproximar-se. Os namorados de Glória e Carolina estão sentados ao lado delas, separados por dois palmos, e só respiram. Como se tivessem as mesmas cartas e as jogassem pela mesma ordem, repetem o jogo. Maria recolhe a última vaza e, sem precisar de fazer contas, recolhe todas as moedas que estão no centro da mesa, levanta-se e despeja-as para o bolso do avental. O marido provoca-a para jogar mais, os outros apoiam-no com grunhidos. Maria vira-lhes as costas, cada passo faz as moedas chocalharem no avental, caminha até às mulheres que fazem crochet, senta-se com elas e, em segundos, apanha a conversa.

Os pobres ficam do lado de fora, a olhar. A meio da tarde, há meia dúzia de crianças e três adultos, dois homens e uma mulher. Todos têm os mesmos olhos esbugalhados, grandes globos brancos, mas as crianças demonstram mais vida, nota-se em alguns movimentos subtis e na avidez. Os homens e a mulher, rostos de ossos e desespero, parecem mártires de uma tragédia que só eles recordam. Os pobres respeitam o domingo com o seu silêncio, não pedem nada, apenas olham, arrumados à extrema da rua, do lado de fora. A família e os convidados, vizinhos ou parentes, evitam essa imagem. A tarde tomba para o seu fim quando chega um cego de guitarra e todos se viram para ele. Maria aprecia a decisão com que o marido se levanta do jogo, avança até ao cego e o guia até ao centro do pátio. Depois de aí o deixar, tropeça nas botas, quase cai, levanta uma pequena nuvem de pó. Com a língua demasiado grande, seca, torcida pelo vinho, diz que está tudo bem e sorri hipnotizado. O cego passa os dedos pelas cordas da guitarra e começa a cantar um fado muito triste, a história de um aleijadinho de má sina. Toda a gente se comove. Maria interrompe o início do segundo fado porque escuta os sinos da igreja a tocarem às ave-marias. Os pobres na rua são os primeiros a ajoelhar-se. No pátio, homens, mulheres e crianças ajoelham-se à sombra.

Ave, Maria, cheia de graça, o Senhor é convosco.

Já a tarde está amansada no momento em que Maria se despede da filha Teresa. A dimensão do seu cuidado é o carrego de ofertas que põe nas mãos do genro. Valente, tem as mãos grossas e marcadas pela enxada, aguenta bem três alcofas de fruta, verdura, ovos, carne e os restos do almoço. Glória quase lacrimeja à abalada da irmã. Por respeito, Lúcia também se dói nessa despedida, a irmã leva consigo uma certa disposição, os detalhes próprios do seu sorriso. De repente, chega a hora de todos saírem. Maria acompanha a última mulher à rua, é nesse momento que se vira para os pobres e diz: vamos lá então tratar de vós. No lusco-fusco, os olhos dos pobres crescem ainda mais quando recebem as tarefas que Maria lhes aponta. São silhuetas recortadas, formas que antecipam a noite: crianças a passarem carregadas, um homem a desfazer a mesa do jogo de cartas, uma mulher a levar os cavaletes. Maria estende uma vassoura a uma rapariga grávida. Não há real precisão de varrer o pátio, mas Maria quer que este dia termine assim. Há muito que Maria dos Anjos já está em sua casa. Manuel trocou de botas, tem dois pares, e está no curral a tratar dos bichos. Lúcia foi ter com Glória e Carolina à cozinha, saiu do quintal quando os pobres começaram a apontar para ela e a benzer-se. O pai está sentado lá mais adiante, quase ao pé do poço, sozinho, a respirar fundo, inspira ar fresco e, depois, como se tentasse encher um balão furado, expira ar tépido na noite. Quando a órfã chega com a panela, os pobres rodeiam-na. Estende-lhes as malgas, não falta para nenhum, e sente-lhes o cheiro velho a suor. Distribui fatias de pão e conchas de caldo, pão da semana passada, água onde foi cozido um cubo de toucinho. É a um rapaz, cabelo rapado, seis ou sete anos, que calha o cubo de toucinho, pesca-o do caldo, os seus olhos clareiam, e encosta-se logo à mãe para o dividirem.

(Quando eras pequeno, eu guardava-te a melhor parte de tudo. Se alguém se atrevesse a cobiçar as coisas do menino, eu tornava-me fera. Gostava de saber porque é que agora nunca me chamas para compartir as partes boas. Mas se houver alguma desgraça, é certo que vens logo a correr queixar-te.)

MISSÃO ABREVIADA

PARA

DESPERTAR OS DESCUIDADOS,

CONVERTER OS PECCADORES

E SUSTENTAR O FRUCTO DAS MISSÕES

É DESTINADO ESTE LIVRO

PARA

FAZER ORAÇÃO, E INSTRUCÇÕES AO POVO,

PARTICULARMENTE POVO DE ALDEIA.

OBRA UTILISSIMA

PARA OS PAROCHOS, PARA OS CAPELLÃES, PARA

QUALQUER

SACERDOTE, QUE DESEJA SALVAR ALMAS,

E, FINALMENTE,

PARA QUALQUER PESSOA QUE FAZ ORAÇÃO PUBLICA.

Maria é agarrada pelo marido na despensa. Empurra-a de encontro a uma tulha, lança-lhe as mãos à cintura e emperna-a logo ali. Ouve-se a voz dos filhos na cozinha, a pouca distância. O marido tem a respiração pesada, lobo a resfolegar. Maria empurra-o com palavras sussurradas e, quando distingue a voz da comadre Teresa a perguntar por ela, dá um encontrão no marido e liberta-se. Ajeita o lenço e entra na cozinha, onde o lume e a candeia já alumiam os rostos. O domingo ainda não acabou. Anastácio cumprimenta a esposa. Lúcia pede a bênção à madrinha. O marido de Maria entra na cozinha, alegre, dá as boas-noites a Teresa, que lhe mostra o cesto dos coscorões. Na brincadeira, ele finge limpar os beiços, como se estivesse a babar-se. Todos riem. Maria olha para a filha Lúcia, vê-a rir e regozija-se por achá-la esquecida dessas tropelias que arranjou com a Nossa Senhora. Benze-se discretamente. Jantam em paz e concórdia, jantam como é devido num dia de santidade. Maria aceita que o marido lhe encha o copo por duas vezes. Depois de Teresa e Anastácio terem ido para casa, quando já há filhos a abrir a boca, a mãe propõe-se a fazer uma leitura antes do sono. Carolina pede que leia outra vez daquele livro, *Missão abreviada*, pede aquela história em que Nossa Senhora aparece nas lindas montanhas da França. Sem palavras, com um olhar, a mãe rejeita esse pedido inconveniente. Para acabar com a conversa, poupando Lúcia ao dano desse tema, a mãe abre a Bíblia e lê alguns capítulos do Livro de Jó. Depois da sua voz estendida na penumbra, quando termina, os filhos levantam-se e começam a preparar-se para dormir. No caminho para o quarto, o marido passa demasiado perto, roça-se na saia e dá-lhe um beliscão nas costas. Maria sente um afrontamento subir-lhe às faces; sabe que, nesta noite, mal os filhos adormeçam, vai entregar-se ao marido de todas as maneiras, ele merece.

x

As ovelhas sabem o caminho, esgadanham a terra das ruas, preenchem esta hora da tarde com as vozes das mais novas, a berrarem impacientes e, às vezes, para impor calma ou ordem, com o clamor avulso de uma ovelha adulta, mãe a precisar de tosquia. Jacinta precipita-se atrás de qualquer desconfiança, não para quieta. Lúcia e Francisco avançam quase lado a lado. Para os primos mais velhos, a subida é longa. Quando chegam à casa de Jacinta e Francisco, os rebanhos separam-se sem precisar de ajuda. As ovelhas sabem onde pertencem.

6 [1] Nenhuma tempestade tem força suficiente para arrancar um nome.
[2] Aquilo que carregas irá acompanhar-te sempre,
[3] fará parte até do teu silêncio.
[4] Repara em ti,
[5] repara em quanto do que te constitui é eterno e imortal.

Já sozinha, quase a chegar ao fim da tarde, Lúcia repara num borrego pequeno; nasceu há dias, tem a lã ainda rala sobre a pele, os ossos marcados; vai a trocar as pernas, são compridas como chamiços.

Queres colo?

Obrigado, menina. Ainda estamos longe de casa?

É já a seguir àquela esquina, é já ali, mas deixa-te ir.

Ai, o teu colo sabe tão bem, menina.

Lúcia vai entretida com a leveza do borrego, com o seu cheiro ainda limpo, e nem vê a mulher que se aproxima por trás, que a agarra pelo braço, que lhe assenta o queixo no ombro e lhe sussurra ao ouvido.

Fosses tu minha filha e havias de ver a volta que levavas. Tenho um cinto ali em casa que já tinha estalado nesse cachaço. É maljeitoso ser trapaceira, é arte de bicho peçonhento. Mais ainda tratando-se de mentiras que levam tanta gente ao engano. Maldita sejas. Que o Diabo te rejeite da mesma maneira que o Senhor não te quer.

Quando Lúcia consegue soltar-se, levanta o olhar e reconhece-a, é uma vizinha, mas o rosto da mulher desfaz-se, perde a forma; Lúcia poderia compará-lo à massa crua do pão na hora em que é batida; no entanto, a grande diferença é o sangue que lhe atravessa as faces desfiguradas, sangue que escorre; só os olhos e os dentes se mantêm intactos. É esta a morte feita de sofrimento sem fim, ameaça de lâminas, carne rasgada, lâminas a rasparem os ossos e a partirem-nos também. Há uma buzina mundial que enche esta hora, um grito constante. Lúcia encontra o momento para fugir, mas é agarrada de novo, agora do outro lado, e há a voz de um homem demasiado perto.

Já vi muitas como tu, acabam mal, dizimadas pela própria ruindade que lançam ao mundo. Não te esqueças de que há o vento, guiado pela mão justa da providência. Assim como atiras punhados de veneno ao ar, assim esses picos ácidos te voltarão aos olhos.

Dirigindo-se a esta voz, Lúcia volta a reconhecer o rosto de um vizinho, e de novo essa expressão se desfaz em sangue e desgraça, os olhos fixam-na do interior de um pesadelo, mais morte de sofrimento sem fim, mais dor, ameaça de chamas e dor, incêndio sem perdão.

7 [1] Acalmem os desesperados,
o seu amanhã
chegará.
[2] A terra que pisarão aguarda
vez debaixo desta terra.
[3] Existe dia e noite.
[4] Por cada ofensa, haverá
um consolo.
[5] Sou eu quem o diz.

Deus podia ter dito muito mais, não lhe falta verdade por revelar, mas sabe que só vale a pena dizer aquilo que permite entendimento. Podia também ter-nos conduzido à imagem de Lúcia, escondida atrás de uma parede do curral, as ovelhas desinteressadas pelas suas lágrimas, mas preferiu dar-nos um momento desse mesmo serão, noutra casa, noutra aldeia. Lá, alumiado por luz fosca, um homem descasca uma laranja e explica à mulher que o António Abóbora, com quem passou o dia a sachar, lhe contou que a filha mais nova se encontrou com a Nossa Senhora no campo. A mulher não perde uma palavra. Acabando de descascar a laranja, dividindo os gomos, o homem diz que também lá estavam os primos da cachopa, dois filhos da irmã do António Abóbora. A Virgem afiançou-lhes que voltava todos os meses até outubro. Também sentados à mesa, os filhos escutam essas novas em temor e silêncio, sem perturbarem o pavio da candeia. O homem não diz mais nada. A mulher tem faíscas nos olhos, chama-se Maria.

x

As pessoas saem de casa com as melhores roupas, escolhem o caminho mais liso e asseado para não levantarem pó. Hoje, ninguém segue pelas veredas. Os homens apressam o passo, já são capazes de sentir o sabor do vinho que lhes escorrerá pela goela, será vinho de boa temperatura. Na igreja da paróquia, sede de freguesia, haverá missa cantada: os bancos à pinha e gente de pé, dos lados, atrás, cá fora. Mais tarde, à volta da igreja, desfilarão os carros de bois, enfeitados por braçadas de árvores, flores bravias ou de canteiro, bandeiras de papel ou colchas, tudo o que dê cor. Hão de parar à frente da varanda do padre, dispostos pela arrumação devida, e serão benzidos lá de cima. Alguma dessa santidade salpicará o povo. E os sinos não se hão de cansar na hora de distribuir pão a rodos; das carroças para as mãos estendidas: pão branco, farinhento. Logo a seguir, para agradar ao santo, haverá procissão. Depois, quando a noite já estiver entrada, haverá direito a arraial, baile deveras. E foguetes, uns atrás dos outros. Santo António sabe animar e animar-se.

Com as melhores roupas, com os sapatos protegidos de pó exagerado, Lúcia pisa as ruas da vila. Há muita gente em todos os caminhos, mas Lúcia sente com clareza a entrada nesse círculo, o barulho tem grandes diferenças. Nos passeios das ruas calcetadas, os cães andam admirados com este ajuntamento de gente. Os homens largam gargalhadas estrondosas e baforadas de fumo preto, cigarros finos de festa. Os namoros fazem-se à distância, traçando retas que atravessam o que for preciso. Lúcia é uma mulherzinha que caminha entre a multidão, poucas pessoas reparam no seu rosto ensimesmado. Leva uma ideia no seu interior, avança como se estivesse inclinada sobre ela, defendendo-a. Chega ao adro e encontra as raparigas que já a esperam, são umas poucas. Quando Lúcia fala, juntam-se mais para ouvi-la bem. Vão aparecendo outras, são companheiras de primeira comunhão, feita nesse ano. Mais ou menos acanhadas, todas esperam a decisão de Lúcia para saber o que fazer. Também era Lúcia que escolhia as brincadeiras antes da catequese. Chegam mais algumas, cumprimentam-se todas, são crianças de dez anos. Quando Lúcia escolhe, diz uma palavra que só as outras distinguem do rebuliço. E começam a andar, seguem-na, são catorze raparigas da mesma altura.

Jacinta fica deslumbrada com tantas raparigas mais velhas, a sua voz altera-se. Francisco tenta desaparecer ainda mais. Ao encontrar os primos, a memória que Lúcia trazia começa a diluir-se. Nessa lembrança, o irmão é uma imagem que repete gestos e palavras: a oferecer-lhe um vintém para não sair da vila, para ficar na festa, a caminhar ao lado dela e do grupo de raparigas, a falar-lhe da mãe, a dizer que a mãe se vai zangar, e Lúcia a apressar o passo, palavras a tentarem travá-la, mas, para surpresa do irmão, a serem combustível que a inflama. Nessa manhã, com bigode de café, Lúcia explicou aos primos que iam levar os rebanhos a pastar mais perto, havia muita erva e pouco tempo. Os primos compreenderam bem. Tinha chegado o dia. Por fim, tinha chegado o dia. Até Francisco parecia entusiasmado ou nervoso. As ovelhas alimentaram-se em pouco mais de uma hora. Lúcia ficou livre para se vestir de lavado e tratar desta reunião de cachopas; os primos, que tinham os pais em comércio e vistoria numa feira de gado, foram aprontar-se para o acontecimento. As ovelhas aceitaram bem o curral. Neste junho, a sombra tem bom paladar para animais lãzudos. E é debaixo de junho que este pequeno rebanho de crianças segue caminho: as raparigas da primeira comunhão, Jacinta a virar-se para todos os lados, Francisco encolhido e Lúcia na frente, a caminhar sem dúvidas, a olhar para o fim da estrada.

(As certezas são sempre uma vantagem. Há razões contra tudo e a favor de tudo. Qualquer ponto de vista pode ser justificado ou condenado. Além disso, há possibilidades infinitas entre o sim e o não. Pouco importa as respostas que escolhas, quem terá suficiente autoridade para as julgar? Quem se achará com suficiente lucidez para te contradizer? Alguém cheio de certezas, não te parece? Eu sei que preferes acreditar em qualquer estrangeiro que escreva livros do que em mim, tua única mãe, mas devias escutar-me desta vez. Seria o melhor para ti, tenho a certeza absoluta.)

Ó menina, qual é a azinheira onde Nossa Senhora apareceu?

Olhe, foi aqui que ela pousou.

Lúcia responde a todas as perguntas de Maria. Não sabe que o seu pai tem o marido de Maria a trabalhar à sua conta. Hoje é a primeira vez que as duas se veem, não será a última. A muito custo, vindos lá da sua aldeia, Maria trouxe o filho aleijado, chama-se João. Numa roda de mulheres atentas, está encostado ao pau que usa para caminhar, escuta a conversa da mãe e da criança, tem a ponta do pau debaixo do braço, firmada no calo. Quando Lúcia, as raparigas e os primos chegaram, Maria e outras mulheres já lá estavam. Eram mais de vinte, vinham de diversas terras vizinhas e pretendiam saber quem tinha visto e falado com Nossa Senhora. Lúcia não deixou passar um segundo, acusou-se logo. As perguntas de Maria são devotas, procuram detalhes. Lúcia tem resposta para todas. As mulheres querem rezar, Maria deixa a rapariga ir brincar com as outras, vê-a afastar-se. Enlevada, Jacinta recebe a prima, vai para lhe explicar o jogo, mas Lúcia não baixa o olhar. Jacinta não consegue chegar à sua atenção. Na hora de almoço, as mulheres sentam-se para merendar, cada uma desembrulha seu farnel. As crianças, influídas na brincadeira, vão comendo tremoços. Em período digestivo, as mulheres iniciam o ritmo do terço. Formam uma toada que se afasta pelos campos, toca as oliveiras, as estevas, afunda-se na própria terra; as vozes das mulheres são natureza, água ou vento. Numa pausa, quando uma mulher está a ponto de erguer a voz na ladainha de Nossa Senhora, Lúcia aproxima-se de Jacinta e fala alto para toda a gente ouvir.

Jacinta, lá vem Nossa Senhora, já deu o relâmpago.

As mulheres levantam-se à pressa e correm pela terra lavrada. As raparigas da primeira comunhão avançam em conjunto. Jacinta e Francisco atrasam-se a chegar ao lado de Lúcia, diante da pequena azinheira. Acalmam a respiração e ajoelham-se, todos estão ajoelhados.

8 [1] Nestes termos declaro que te criei para que me criasses.
[2] És a força desconhecida daqueles que ainda não se confrontaram com ameaças autênticas.
[3] Mas essa hora chega sempre, fogo que ilumina ou queima; então, descobrem um ânimo

que nunca consideraram.
[4] Antes, beberam de fontes
antigas, habituaram-se a
ideias imperfeitas e já não
esperavam notícias quando
foram socorridos por essa
força que, afinal, sempre
trouxeram debaixo da pele,
dissolvida na sua sombra;
[5] essa força és tu.
[6] Mãe, a vida que me deste
é contra o medo.
[7] Mãe, volto a nascer de ti sempre
que tenho de mostrar
toda a esperança de que sou
capaz.
[8] Sem ti, onde estaria aquele
que sou?
[9] Sem ti, eu não seria eu; teria
outro nome, outro rosto,
estaria noutro lugar, convencido
de certezas que seriam
tão certas como estas.
[10] Sem ti, a verdade seria outra.
[11] Posso avançar por um caminho
sem regresso, posso
ser teu filho eterno, mesmo
sabendo que existes por
minha ação.
[12] Mãe, para falar de ti, precisei
de povoar o mundo inteiro
de corpos visíveis e invisíveis.
[13] Possam as palavras sustentar
o peso dos caminhos que
abrem, porque cada palavra
é o início de um tempo.
[14] Nessa fé, concebi a abundância
e a escassez, condenei
gerações a uma e a outra
para permitir ao teu
sentido os contrastes
que o compõem.
[15] Mãe, primeira e última
palavra.
[16] És a seta que disparas e que,
lá ao fundo, te acerta.

(Não te peço os exageros de Deus a falar da sua mãe, mas seria tão bom se tivesses alguma coisa agradável para dizer sobre mim. Não seria preciso que mo dissesses cara a cara, bastava que o escrevesses. Depois, quando lesse essas palavras, podia imaginá-las na tua voz.)

X

Uma mentira, fina como um cabelo, perturba para sempre a ordem do mundo. Aquilo que sabemos tem muita importância. Tomamos decisões, vamos por aqui ou por ali, consoante aquilo que sabemos. E tudo o que virá a seguir, o futuro até ao fim dos tempos, será diferente se formos por um lado em vez de irmos por outro. Nascem pessoas devido a insignificâncias, morrem pessoas pelo mesmo motivo. Uma pessoa é uma máquina de coisas a acontecer, possibilidades multiplicadas por possibilidades em todos os instantes do seu tempo. Uma mentira, mesmo que transparente, perturba o entendimento que os outros têm da realidade, leva-os a acreditar que é aquilo que não é. Essa poluição vai turvar-lhes a lógica do mundo. As conclusões a que forem capazes de chegar serão calculadas a partir de um dado falso e, desse ponto em diante, todas as contas serão multiplicações de erros. Uma mentira baralha tudo aquilo em que toca, desequilibra o mundo. É por isso que uma mentira precisa sempre de mentiras novas para se suster. O mundo não lhe dá cobertura. Para alcançar coerência, cada mentira requer a criação apressada de um mundo de mentira que a suporte. É assim que a mentira vai avançando pela verdade adentro, como uma toupeira cega a abrir túneis e câmaras no interior da terra. Quando se abre a boca para libertar uma mentira, a primeira, filha de nada que a justifique, nunca se consegue ter noção completa de onde chegará. Nesse momento, na inocência aparente, com voz de gatinho acabado de nascer, está a soltar-se um predador voraz, não há fronteiras marcadas para a sua fome. Uma mentira pode construir edifícios imensos, levantar cidades; uma mentira pode pôr em movimento milhares de pessoas, pode dar propósito a multidões incalculáveis, cada pontinho a ser uma cabeça com história; uma só mentira pode manter em cativeiro gerações inteiras de pessoas que ainda não nasceram, netos que os avós não são capazes de imaginar, ignorantes da mentira original que os domina. Entendes? Consegues entender o que estou a tentar dizer-te?

Sem pestanejar, Lúcia continuou a fixar o padre nos olhos, mas não lhe respondeu, continuou em silêncio, a respirar pelas narinas, com os lábios apertados.

X

Estão três ou quatro batinas penduradas em cabides, estendidas, como fantasmas de padres a pairar. Lúcia sente que até esses sacerdotes magros e invisíveis a julgam, imagina-lhes o mesmo olhar severo que o prior lhe dirige, sentado por trás da secretária, sobrancelhas cheias de propósito. Nas costas, o olhar da mãe é mais severo ainda porque, sem o ver, contém toda a rispidez que Lúcia é capaz de imaginar. É assim que o cheiro a cera, velas queimadas durante anos e anos, vem estagnar ainda mais o ar da sacristia, dá-lhe espessura e silêncio entre as palavras.

O prior repete perguntas. Lúcia repete respostas e, quando pode, olha para o crucifixo, pendurado na parede diante dela, sobre a cabeça do padre, parece que o Cristo se quer lançar. *Aguenta, não desistas.* Lúcia compreende a agonia da sua expressão, identifica-se com a mágoa que lhe distingue, mas convence-se do contrário, faz um esforço para não imitar essa expressão de martírio. Transforma a pele numa máscara rígida: o seu rosto é de pedra, o seu rosto é de pedra.

* * *

Foi só isso que te disse?
Sim, senhor prior.
Voltará no dia treze de julho?
Sim, senhor prior.
Percebeste bem, disse treze, treze de julho?
Sim, senhor prior.
E para que precisa que aprendas a escrever?
Não sei, senhor prior.
Mas não tens nenhuma ideia?
Talvez para que entenda melhor o que tem a dizer-me.
Só disse isso, que aprendas a escrever?
Sim, senhor prior.
Mas vai dar-te alguma coisa para leres?
Não sei, senhor prior.

Enquanto o padre aperta a testa com a palma das mãos, abatido por enxaquecas, a mãe de Lúcia incentiva-o a ser rigoroso com a filha.

(Nunca me pareceu que a disciplina te trouxesse prejuízo. Duvido que conseguisses escrever três palavras seguidas se não te tivesse ensinado essa lição. A disciplina tem uma utilidade própria. Sem limites, a desgraça entraria facilmente na tua vida e, da mesma maneira, serias incapaz de conter as alegrias que conquistasses, haviam de entornar-se todas para a vida dos outros.)

Jacinta e Francisco esperam a sua vez na igreja vazia, sentados no primeiro banco, rodeados por ecos.

X

Pela fresca, os passos espetados na terra, Maria chega com os filhos. João vem atrás, saltando entre as pernas tortas e o varapau que traz cravado debaixo do braço. Carolina, doze anos, acompanha a mãe com um cesto, paralela a todos os seus gestos. Ao aproximarem-se da azinheira, deixam-se cair sobre os joelhos: Carolina expedita, João escondendo ais, Maria queixando-se de cada articulação. É a mãe que escolhe as rezas, que as faz soar, que as lança na aragem. São os filhos que acompanham essas palavras com um zumbido. *De Deus, rogai por nós, pecadores, agora e.* Carolina levanta-se num salto, João levanta-se com a agilidade do varapau. Agarram os braços da mãe, ajudam-na. Retiram do cesto as fitas com que enfeitam a árvore. São três pessoas, uma mulher e duas crianças de roda de uma árvore com um metro e meio. As cores da tarde vão mudando, cheias de vagar. Professoral, a voz da mãe mistura-se com a distância das cigarras. Segura nas fitas com a ponta dos dedos, pousa-as com o cuidado e o critério da sua fé. Sem que alguém ali o possa apontar, é neste momento que nasce o nome que lhe hão de chamar ao longo de toda a vida: Maria da Capelinha.

JULHO

X

Mais depressa se trata de um engano do demónio. Estes são tempos de ruindade à solta, Dona Maria. Não tem notícia da guerra? Não tem notícia dos flagelos que andam espalhados por essas Franças? O tentador não poupa mentiras, pelo contrário, dá-nos o que queremos ou, com mais malícia ainda, dá-nos o que nem sabíamos existir, Dona Maria, e que, no entanto, era mesmo o que faltava para nos desfazer. O caminho da justiça é uma linha fina, desacerta-se ao milímetro. Já o caminho da infâmia é todo o resto, pode avançar-se durante anos nesse terreno sem lhe achar o fim. Essa senhora que a sua filha aqui descreveu, brilhante e alva, é bem capaz de ser o próprio demónio. De aparência, ele facilmente transforma cascos em dedos finos, mal de lepra em veludo, antipatia em piedade. O porém, Dona Maria, está no lugar de onde parte essa beleza. Aquilo que nasce do venenoso, do assassino, só encontra sentido na destruição. Os que morreram não suportam que haja quem ainda viva. Os que caíram na poluição atormentam-se com a pureza dos outros. Acreditam erradamente que a sua desgraça será remediada pela desgraça dos outros. Acreditam erradamente que o seu sofrimento encontrará paz no sofrimento dos outros. Porque o demónio sofre, não duvide disso. O demónio sofre mais do que todos aqueles que faz sofrer.

9 [1] Assim como todas as
sementes foram e serão
fruto,
[2] também todos os justos
foram e serão transgressores.
[3] Não há plano que esteja
excluído da minha vontade.
[4] Para que abriria estradas
se não dessem serventia
a ninguém?
[5] Que cada um saiba temperar
isto com aquilo, porque
ninguém tem lugar fixo
aos olhos da redenção.
[6] Nas mãos dos homens,
não há bem ou mal que não
acabe.
[7] Não se pode julgar a pedra
sem considerar a pontaria
da funda que a lançou ou o
custo da vasilha que partiu.
[8] Em cada etapa, a sua
verdade.
[9] Que cada um saiba guardar
respeito até onde a vista
alcança,
[10] não vá dar-se o caso de ser
justamente para lá que se
esteja a dirigir.

Com olhos de vidro, Maria sobrepõe ideias às palavras do padre. Não lhe chega embaraçar as mãos uma na outra, os dedos não são suficientes. Esgotou os detalhes da sacristia para onde possa olhar. As moscas aproveitam este fresco, esta sombra gordurosa, voam em ângulos abruptos, mas Maria não pode continuar a segui-las, fica-lhe mal, parece que não está a tomar tento à conversa do padre, o pecado da distração. Ao mesmo tempo, não pode olhar o padre de frente, não é capaz. Resta-lhe desmanchar os contornos daquilo que vê, deixar que as cores transbordem, alastrem para fora das formas que as contêm. Os olhos transformam-se em vidro, deixando o padre na convicção de que Maria está a absorver as suas palavras, o que é meia verdade, ao mesmo tempo que lhe deixa a ela o espaço livre para acrescentar as suas próprias palavras, que é a outra metade da verdade. Por isso, quando chega o seu turno, tem a conversa arrumada, basta-lhe continuar um pensamento, dá voz à voz que já escuta.

Ai, senhor prior, conheço tão bem essa paisagem de ofensas. Para onde me vire, esbarro em vícios que prefiro não nomear. Maldita seja a mulher que dê a parte fraca de se queixar de um marido trabalhador, temente aos santos, cuja única fraqueza é a inocência, se é que se pode considerar frágil aquilo que, afinal, constitui o centro do humano. Achar nome a vícios dessa espécie é acrescentar-lhes uma demão de força. E ora me enervo com esse mal que nos chegou porta adentro, ora desanimo. Nos dois casos, perco anos de vida, senhor prior. E se me fala da guerra, saiba que tenho um filho em idade de grande preocupação com essa chacina que levantaram lá longe para desinquietar a gente aqui. Horrores desses têm outra cara quando nos chegam à pele. Meu rico filho, preferia ser incapaz de imaginar despedidas assim. E, não bastando, agora é a minha mais nova, nascida no outro dia, que implica com um sucedido do tamanho do céu inteiro ou, pela mesma medida, do inferno inteiro. Não tenho confiança com o demónio a ponto de o reconhecer se me cruzar com ele na feira, falta-me costume de lidar com o seu focinho sarnento, mas não me custa a crer que ele ande aí a empestar tudo. Esta ânsia que me esmigalha por dentro não pode ser obra de mais ninguém.

X

Até Jacinta está calada. As ovelhas estão a distância estudada umas das outras. Apesar de separadas, parece haver um fio invisível a uni-las. Sendo necessário, talvez dedos gigantes pudessem agarrar numa e levar todas as ovelhas atrás. À sombra, Francisco segura um pequeno ramo, não tem intenção de fazer qualquer artesanato com ele. Debaixo de outra árvore, Lúcia tem um olhar pesado, levanta-o às vezes, mas não consegue aguentá-lo por muito tempo e volta a deixá-lo cair. Existem os insetos, são inúmeros, povoam as folhas e os talos dos arbustos, agarram-se aos troncos das oliveiras, habitam todos os níveis da terra. O barulho dessa multidão dispersa é uma camada sobre os sons de tudo, como uma superfície quase transparente sobre o grande ruído do mundo, a misturar-se com ele, poeira pontilhada. Há os pardais, o vento a passar pelas copas das árvores e o som constante, permanente, que emana da existência imensa da terra ou do céu. É aí, nesse entrançado, que começa a distinguir-se um restolhar. Aproxima-se passo a passo. Lúcia levanta o pescoço, Jacinta imita-a, Francisco amedronta-se. Dessa expetativa, chega uma mulher que desconhecem e que não se apresenta. Os seus olhos têm uma espécie de loucura, agarra-se a Jacinta. Os seus pedidos para que cure a filha, e os gritos da pequena Jacinta, guinchos a furar aquela hora. Lúcia puxa a prima, mas a mulher não quer largá-la. As ovelhas agitam-se com essa luta. Francisco, horrorizado, levanta-se e ajuda a puxar a irmã. Quando, finalmente, conseguem resgatá-la, chora Jacinta num lado e chora a mulher no outro, as duas com o rosto vermelho, mas só a mulher tingida pelo desespero. Quem é essa mulher?

Ninguém sabe. É, de certeza, uma mulher de outra terra, venceu um caminho para chegar ali. Quando os rebanhos se separam diante da casa dos primos, Lúcia ainda está incomodada, tem ainda o rosto dessa desconhecida a assombrá-la. Não é a primeira mulher que os vai procurar ao campo ou que perde a moderação. Em episódios como esse, Lúcia volta a assegurar-se de que Jacinta é uma criancinha. Noutras horas, pela forma como põe as sobrancelhas ou por certas partes que apresenta, quase parece que é da sua idade, que a pode tratar como igual, mas depois, nestes momentos, descobre-lhe um choro de suspiros tão fundos, uma mágoa tão grande, e volta a saber que tem sete anos feitos em março, coitadinha. Despedem-se sem palavras. Esta não será uma tarde de brincadeira. Os primos seguem o rebanho na direção do curral, Francisco a tentar consolar a irmã. Lúcia adianta o passo para apanhar as ovelhas que já estão lá mais à frente. *Esperem aí, velhacas.* No largo, o céu é enorme. Ao entrar na rua, no princípio da descida, Lúcia distingue as pessoas que estão à porta da sua casa, encolhidas debaixo da sombra, mexem-se todas quando a veem. Lúcia inspira fundo e prepara-se.

Os rostos das pessoas têm palavras à espera.

A chamarem-na pelo nome ou a chamarem-lhe menina, gente que nunca viu ou vizinhos que se interessaram de repente por falar-lhe, vozes de um lado e de outro, palavras que perderam o sentido ou que se juntam numa amálgama e, assim, fazem um único sentido: uma enorme súplica quase a esmagá-la. Lúcia sente a mãe a apertar-lhe o braço e a tirá-la de debaixo daquela chuva de corpos, queixas, lamentos. Como se rasgasse lianas, arrancando raízes, Maria recupera a filha, dá-lhe ar e claridade. Lúcia é empurrada pelo ombro na vereda que as ovelhas tomaram, seguindo para o quintal. Maria segura as mulheres, põe o corpo à frente das suas vozes e impaciências. Lúcia arruma-se à parede, onde já ninguém a vê, as suas costas acertam-se naquela superfície como se quisessem fundir-se com ela, como se quisesse transformar-se em parede. É aí que escuta a mãe a convencer as mulheres a irem embora. Diz-lhes que é o demónio. Diz-lhes que não foi a Nossa Senhora que apareceu à filha, foi o demónio.

Quando as irmãs chegam do campo, já começou a anoitecer. Estafado, o dia não aguentou mais. Na cozinha, a penumbra abriga Lúcia. A órfã oscila entre aqui e ali, ocupada com tarefas sérias. Pela porta aberta, entra Glória, traz cara de cuidado; logo a seguir, dois passos atrás, entra Carolina. Lúcia levanta-lhe o rosto, tem um sorriso pronto a apresentar, mas a irmã não a vê.

(Os olhos não servem só para ver. Ficas até altas horas a gastá-los de encontro a estas páginas, queixa-te depois se ficares com os olhos tortos. Quantas vezes já te disse que não se brinca com os olhos? Quando enfiares uma dessas tampas de caneta na vista e ficares cego de um olho, talvez me venhas pedir desculpa. Não terei qualquer gosto em lembrar que bem te avisei.)

São negras as brisas que atravessam a noite.

As galinhas conformaram-se nos seus poisos. As estrelas furam já o céu, olhinhos que tudo veem. Lúcia tem a cadela a querer-se embaraçar nos seus tornozelos. A rapariga baixa-se e empurra devagar esse vulto sem nome, faz-lhe ver que esta não é hora desse namoro. De pé, diante da aragem fresca que atravessa a copa da figueira, Lúcia respira e puxa um ramo, macio na mão, maleável. Escolhe uma folha grossa, grande, mãe de outras folhas.

Estou tão cansada, folha.

Estamos todos.

Acho que estou mais cansada do que todos.

Aqueles que estão mesmo cansados acham sempre isso. Se eu te contar um segredo, prometes guardá-lo?

Posso tentar, mas não depende só da minha vontade.

Como assim?

Os segredos passam por qualquer fresta, são mais fluidos do que a água, mais informes do que o ar. Podemos fazer tudo para guardar um segredo, mas ele acaba por encontrar caminho para se esvair.

Mas a quem o contarias, folha?

Não o contaria fosse a quem fosse, mas podia deixar escapar um laivo dessa notícia na seiva e, logo depois, todas as folhas desta figueira saberiam e, no dia seguinte, todos os pássaros saberiam. Pouco faltaria para que o mundo inteiro soubesse o teu segredo.

Ninguém pode saber, folha. É um segredo. Como posso guardá-lo de todos?

A única maneira é não o contares a ninguém e esperar que não to roubem dos olhos.

Estou tão cansada, folha, tão cansada.

Estamos todos, menina.

A sombra de Carolina chega de repente, manda Lúcia ir à porta da rua. Apesar de todos os pedidos da mãe, há uma mulher que não se vai embora, exige falar com a cachopa que vê Nossa Senhora. Lúcia segue a irmã ao longo do quintal, atravessa a cozinha sem que ninguém olhe para ela. Abre a porta e encontra a mulher desesperada que lhe apareceu na charneca. Ficam diante uma da outra, a olhar-se. O rosto da mulher é ávido, tenta sorver cada instante. Os olhos têm a cor da noite, os lábios são bem desenhados. Sai-lhe uma formiga da narina, caminha em reconhecimento na face da mulher, que continua fixa no rosto de Lúcia. Depois, da outra narina, sai outra formiga, apresenta a mesma desorientação. E saem mais formigas, mais, até que saem carreiros de formigas das duas narinas da mulher, cobrem-lhe as faces, cobrem-lhe o queixo, cobrem-lhe a testa, cobrem-lhe o rosto inteiro.

X

Pisoteiam tudo. Maria apoquenta-se e resmunga. A filha mais velha dá-lhe razão. Maria dos Anjos saiu de casa com interesse numas folhas de louro, mas, depois de as recolher na despensa dos pais, acabou por se fixar nas queixas da mãe. Cansada, a mãe precisa que a filha mais velha a escute com aquele entendimento e amparo. Maria dos Anjos sabe disso, tem idade. São duas Marias, a filha já perto de chegar à compreensão da mãe.

Pisoteiam tudo. Não importa o que o teu pai tenha disposto na terra, batatas ou favas, aqueles brutos não têm olhos para aproveitar uma vereda.

Na véspera, mandou a filha Carolina com um cesto que deveria ter regressado meio de tomates maduros, perfumados por rama rija. Em vez disso, acartou três ou quatro com nódoas de maus-tratos e uns quantos ainda verdes, com falta de tempo, água e descanso. Para compensar, trouxe também meia dúzia de folhas de couve, mas para que precisava ela das folhas de couve? Maria dos Anjos dá sempre razão à mãe, está ciente do que costumavam tirar daquele terreno. Afinal, não passaram assim tantos anos, para a filha parecem mais, para a mãe parecem menos, desde a última vez que foi ela própria de cesto na mão, a fazer mandados iguais. O pai costumava cobrir essa terra com uma sementeira de batatas ou de milho. Esse manto adormecido crescia devagar, sem precisão de grandes amanhos. Tanto o pai como os criados que trabalhavam para ele podiam dedicar-se às outras propriedades. A tia Teresa e o marido Anastácio apreciavam essa orientação. Podia apontar-se muito ao pai, António Abóbora, os vapores da bebida e do jogo, mas não se podia apontar-lhe desorientação. Nunca deixou que faltasse à família. A irmã Teresa não duvidava dessa seriedade e, por isso, lhe entregou as terras para que as encaminhasse, o que sempre aconteceu com bom lucro. Para além do sustento das batatas e do milho, havia sempre uns cantos onde largava cebolas, nabos ou hortaliças, que cresciam pelas regras da natureza. É por tudo isso que a mãe se apoquenta, resmunga, e a filha lhe dá razão.

E a tua irmã não se desdiz, e lá vão eles, sozinhos ou em quadrilha, pisotear tudo, desrespeitar o trabalho do teu pai e o alimento desta gente. Se não está interessada em negar-se, ao menos que comece a ver a Nossa Senhora noutro campo, não faltam aí descampados.

A órfã não serve de companhia. A tarde custa a passar nessa solidão. Maria anima-se com os ruídos da chegada da filha, as ovelhas, as pessoas que estavam à espera e que começam a uivar o seu nome, Lúcia, Lúcia, mas desanima-se logo que a encara. É o desânimo da filha que a infeta. Maria gostava de encorajá-la, mas apenas consegue estender-lhe um balde e pedir-lhe para ir aos figos, a ordem sai demasiado alta e ríspida. Então, encosta-se ao umbral para ver a filha a afastar-se ao longo do quintal, o seu corpo desengonçado de dez anos, ombros caídos, o balde na ponta do braço, os passos quase a arrojarem na terra.

10 [1] Há terra de muitas cores e necessidades, não se pode dar o mesmo destino a todos os terrenos.
[2] Como qualquer ferramenta, também a tristeza tem um uso próprio.
[3] Há campos que só conhecem a abundância depois dessa lavoura.

Lúcia atravessa o quintal com o balde cheio, segura-o com as duas mãos. Faz várias paragens. A mãe recebe o balde, os figos estão capazes, adivinha-lhes o açúcar. Lúcia espera alguns instantes por nova tarefa, mas a mãe vira-lhe as costas, afago maternal disfarçado de brusquidão. É assim que lhe autoriza a brincadeira. Ao senti-la abalar da cozinha, Maria fica nos seus pensamentos. Pensa nos motivos que levaram a filha a mencionar a leitura. E lembra-se de como ela própria aprendeu a ler e a escrever com a tia Isabel, a voz da tia Isabel a insistir consoantes. Era pouco mais nova do que a filha quando passou por esse suplício. De tanto que podia ter posto na boca da Nossa Senhora, benzeu-se três vezes, por que havia de ter-se lembrado da leitura? Que falta lhe fazia?

(Talvez porque escreves livros, pareces convencido de que toda a gente precisa de saber ler. Não creias, há ignorâncias muito piores. Eu sei que é triste sermos obrigados a ficar do lado de fora, sem autorização, como se quisessem fazer-nos ver que não temos a valia dos outros. Conheço bem essa ofensa, acredita. Mas repara em tantas vidas que prosperaram sem uma letra, repara também em quantos sabem ler e nunca chegam a passar de imbecis.)

X

Não custaria achar aqueles que desafiaram o António Abóbora para se prestar a esta figura, mas não vale a pena entrar nessa pesquisa. Confrontados, haviam de fazer-se de novas, negar qualquer papel nessa influência: quem, eu? Entretanto, o que ninguém pode desmentir é esta imagem do pai de Lúcia, a gritar, com a voz perdida, a virar-se para um lado e para o outro, sem direção, prejudicado pelo mundo inteiro.

É dia 13, os caminhos para a charneca começaram a encher-se pela madrugada. Houve gente, quase de certeza, que tomou o café e se lançou logo ao caminho: grupos de vizinhos a rezar em coro, *cheia de graça, o Senhor é convosco, bendita sois vós*, ou pessoas sós, mulheres e homens que saíram sozinhos de casa, mas que depressa encontraram companhia nas estradas de terra. Nessas multidões, havia os mais lassos, a falarem alto ou mudos, caladinhos, com olhos analíticos; e havia os mais pios, mais sérios. Entre estes, seguia Maria da Capelinha, acompanhada pelo marido, pelas filhas e pelo seu filho João, aleijado. Já na charneca, o povo a encher todo espaço em redor daquela árvore em crescimento, os ramos atravessados por fitas coloridas e enfeites, brisas raras a fazerem tremer essas fitas. Foram-se juntando pessoas, mais e mais, chegavam às dezenas, adicionando tumulto à mistura de vozes.

António Abóbora não consegue chegar a todos, os seus gritos dissolvem-se nos metros de gente que se indigna à sua volta. Não aprovam os seus modos, sentem-se feridos pelas palavras, pela atitude, pelos empurrões que dá a mulheres com mais ou menos idade, mas sentem-se ainda mais feridos pela maneira como enrola a língua na boca, pelo cheiro a bêbado, suor de taberna. O milho, as batatas, diz ele. É um desnorteado a querer expulsar as pessoas. Agarra-se a um rapaz de outra aldeia, embica com ele, desarranja-lhe a camisa, quer por força obrigá-lo a sair. Neste momento, para António Abóbora, aquele rapaz são todos os que ali se juntaram; se conseguir expulsá-lo, triunfa sem apelo. Por comiseração, o rapaz evita-o, vira-lhe a cara, tenta soltar-se, mas António não o larga, apesar de todos os que tentam demovê-lo. Então, de repente, o rapaz prega-lhe um encontrão que faz o pai de Lúcia cair de ombro sobre a terra. Demora a levantar-se, humilhado e infeliz.

Lúcia e os primos não se apercebem dessa agitação. À volta deles, há uma desordem ainda maior, gente que se esgana a gritar, mãos que se esticam ao máximo para tocá-los com a ponta dos dedos e, depois, quando os alcançam, decidem que querem agarrá-los. Falta pouco para o meio-dia, sexta-feira louca. Lúcia e os primos transpiram debaixo daquela multidão, milhares de pessoas, três mil diz Maria da Capelinha fora de si. Então, dois homens possantes, peitos como madeiros, abrem uma clareira à roda das crianças, forçam esse espaço. Após respirarem fundo, os primos ajoelham-se. Lúcia começa a rezar o terço, espalha-se a calma. Corre uma aragem longa, passa por todos os rostos. Súbita, Lúcia dá o alerta, chegou a hora.

x

MARIA.

X

Lúcia levanta-se em silêncio, grave, ponderada.

Logo a seguir, Jacinta dá um salto. Francisco ergue-se com mais moleza. Nas costas das três crianças, há vozes avulsas que, no meio da expetativa, gritam que ainda veem Nossa Senhora, ainda a escutam. Essas vozes aventadas ao ar não chegam para desmanchar a solenidade deste momento. Há uma paz de campo de batalha no momento exato em que acaba a batalha, paisagem de feridos e de mortos, de vivos que conferem a unidade do corpo, que ainda não têm a certeza de ter sobrevivido.

Pronto, agora já não se vê, já entrou para o céu, já se fecharam as portas.

Depois destas palavras de Lúcia, ninguém continua a dizer que vê Nossa Senhora.

As mulheres que ainda não tocaram nas crianças atiram-se agora a elas. Outras inclinam-se no sentido da azinheira, arrancam ramos e mãos-cheias de folhas. Maria da Capelinha tem um vozeirão, usa-o para impor cautela. As mulheres aceitam essa autoridade. Maria da Capelinha pede que tirem apenas os raminhos de baixo, aqueles que não foram tocados por Nossa Senhora, e chama a atenção para outras lembranças que podem ser igualmente prodigiosas. Dando o exemplo, ela própria leva a flor de um pé de rosmaninho que está a pouca distância da azinheira, lindas cores. Cada puxão na árvore faz estremecer o pequeno arco, as fitas e o par de lanternas que Maria da Capelinha lá deixou a enfeitar.

Tentando segurar aqueles que enchem as estradas, Maria da Capelinha sugere a reza do terço. As filhas, o marido, o filho aleijado e algumas mulheres juntam logo as mãos, Lúcia e os primos olham para todos os lados, mas a maioria das pessoas continua a abandonar a charneca. Há uma mulher que propõe apenas uma ladainha, depois se rezará o terço, não falta tempo. Mas a multidão vai-se escoando pelos caminhos, dissolvem-se para longe. Em silêncio, são cada vez menos os que ainda estão à volta da árvore, olham uns para os outros e, sem que seja preciso dizer nada, acabam por não rezar mais

X

O padre reconhece-lhe essa esperteza, trata-a quase como uma igual. Fala-lhe num tom muito diferente daquele com que faz homilias, eco, daquele com que declara penitências, sussurro, daquele com que fala para todas as mulheres de olhar baixo, em submissa ignorância, a repetirem frases como: o senhor prior é que sabe, o senhor prior é que estudou.

O padre não acredita.

Mesmo nas frases mais banais, que tocam menos o assunto, utiliza sempre uma expressão de contacto com o absurdo, de horror pelo absurdo. Quando se refere a dúvidas concretas, encarquilha o rosto.

Com tantas faltas neste mundo, por que haveria Nossa Senhora de insistir no terço? E porque gastaria o raro e inestimável tempo de uma aparição a salpicar este ou aquele indivíduo com graças casuais? A cura deste, do primo deste ou do vizinho deste vale um instante do tempo da mãe de Deus, conhecedora dos preceitos da vida eterna e imaculada?

E faz uma pausa retórica.

Por que viria Nossa Senhora, infinita e universal, a este pequeno país? Num mundo tão necessitado, onde em tantos lados a ignoram e agridem, por que viria a mãe de Deus a este país e, podendo escolher à vontade no mapa, por que viria exatamente aqui?

Faz outra pausa, espera resposta de Maria. Mas a mãe de Lúcia mantém o silêncio, está agoniada, como se lhe escorresse uma dose de fel pela goela abaixo, fel grosso, espesso, azedo. São os mal-estares de passar a velha, é o último viço a deixar-lhe o corpo. Nestes enjoos, despede-se de algo que nunca mais regressará. Maria, mãe de Lúcia e mãe de mais nenhuma filha futura, sabe que há algo que a abandona. Desinteressada, não escutou uma palavra do que o padre disse. Seja o que for, tem menos importância do que a angústia fina que arrasta no seu interior. Agora, no silêncio, não se dá ao trabalho de explicar-lhe essa angústia. Não vale a pena. O padre não sabe nada acerca de muitas matérias, são abundantes os assuntos que não pertencem à sua jurisdição. Maria não lhe reconhece essa esperteza.

AGOSTO

X

11 [1] Não criei palavras que
expliquem a música
porque é no mistério
que reside a verdade.
[2] A sabedoria mais fina é a
que distingue imagens
no invisível.
[3] Não deixei espaços vazios,
em todos os lugares existe
alguma coisa.
[4] Para onde quer que se
dirija o olhar, há sempre
assunto: matéria ou corpo,
esperança ou música.
[5] A visão não é exclusiva
dos virtuosos ou dos que
guardam as leis,
[6] todos podem usá-la consoante
a sua necessidade,
[7] mas só os mais sensatos serão
capazes de apreciá-la
completamente.
[8] Assim diz a parábola: dois
irmãos de pai e mãe;
[9] enquanto o mais novo
idealizou
que iria plantar videiras,
o mais velho plantou;
[10] enquanto o mais novo
designou os dias e as horas
em que iria regá-las, o mais
velho regou;
[11] enquanto o mais novo
descreveu a vindima, o mais
velho vindimou;
[12] e quando o mais novo

imaginou o sabor dessas uvas
que plantaria, regaria
e vindimaria, o mais velho
deu-lhe um cacho das dele.

[13] O mais novo provou dois
bagos e rejeitou o resto,
[14] as suas eram muito mais
doces.

X

Maria não sabe de onde veio aquele jornal. Sabe quem lho trouxe, a mão que lho entregou: a filha mais velha da manca. Mas nem a manca nem os seus filhos sabem ler, não terão sido eles que se deslocaram para comprar jornais; por isso, de alguém nasceu a iniciativa que desencadeou todos esses gestos: comprar o jornal na sede de freguesia, ou na cidade, ou assiná-lo pelo correio, lê-lo, entendê-lo e, diretamente ou através de alguém, fazê-lo chegar à manca, que mandou a filha mais velha entregá-lo à mãe de Lúcia.

Escondida em recantos do quintal, Maria passa metade da tarde a ler e a reler aquela notícia, a cismar nas palavras que ali estão escritas e no alcance daquela história que, não bastando manter-lhe a porta num desassossego, já chegou ao outro lado daquelas páginas, onde nem ousa imaginar. A descrição parece transformar o que aconteceu: os pelintras que enchem os carreiros ficam mais bem apresentados, os uivos das preces afinam-se, as crianças enlameadas e ranhosas ganham outro asseio. Maria não sabe se é a forma das letras, tão certinhas, que opera essa manha, ou se é a escolha de vocabulário, duas dúzias de palavras que desconhece a emprestarem-lhe essa fidalguia. Sabe que, assim, ao lado das outras notícias, ao lado das personalidades que são mencionadas nas outras notícias, o rancho de gente que compõe aquelas linhas é um grupo disforme, incoerente. Estão em sentido, bem-postos, mascarados por aquelas palavras, mas Maria sabe que não pertencem ali.

(Não são as palavras que distorcem o mundo, é o medo e a vontade. As palavras são corpos transparentes, à espera de uma cor. O medo é a lembrança de uma dor do passado. A vontade é a crença num sonho do futuro. Não são as palavras que distorcem o mundo, é a maneira como entendemos o tempo, somos nós.)

Já depois de Lúcia chegar com as ovelhas, quase no começo do fresco, depois de Jacinta chegar para brincarem juntas, Maria passa o resto da tarde a decidir se deverá ler a notícia do jornal à família.

Parece-lhe com muita certeza que será melhor não dar mais sustento àquela combustão, mais vale que o tempo a esmoreça.

Logo a seguir, parece-lhe com a mesma certeza que a filha tem de saber o tamanho do rebuliço que criou.

Jantam sopa de abóbora, sobrenome do marido que não está, pai esquecido na taberna. Além da sopa, Maria cortou e assou meio chouriço para o jantar dos filhos. Manuel, educado, deixa-se ficar para o último. Quando as filhas, Glória e Lúcia, se pegam por causa de uma fatia de pão, como se houvesse falta de pão, Glória volta a falar das pessoas e das bestas que andam a estragar a horta. Lúcia vai para abrir a boca, talvez queira dizer que não tem culpa, mas a mãe impede-a. Manda-as calar e decide que, mal limpem a mesa, vai ler-lhes a notícia do jornal.

As cadeiras a arrastarem-se.

Como já leu a notícia muitas vezes, as palavras moldam-se com facilidade à voz. Pronuncia até as sílabas mais escondidas. Vai a bom ritmo mas, para que se entenda bem, abranda no fim, quando o artigo faz questão de afirmar que as visões da Nossa Senhora têm o propósito de construir uma estância rentável, comparável à que existe em Lourdes. Neste ponto, Maria olha para a filha, esperando achar-lhe um vinco de indignação no rosto, mas Lúcia tem dez anos. Depois de terminar, quando lhe pergunta o que achou, a filha não quer responder. Está talvez a conversar com a mesa. Quando a mãe insiste, zangada, voz imperativa, Lúcia deixa-se choramingar. A mãe irrita-se mais, Lúcia soluça e diz que não é verdade.

O que é que não é verdade?

A Nossa Senhora não apareceu a duas crianças.

Não?

Não, apareceu a três.

A mãe volta a passar os olhos pelo texto e, realmente, nas primeiras linhas, lá está esse erro: "apareceria no dia 13 do corrente a mãe de Jesus Cristo a duas criancinhas".

Na estrada de terra seca, quente, pedras soltas ou meio enterradas, a burra caminha devagar, carrega Lúcia. De lado, a pé, seguem o pai e o tio de Lúcia, Manuel Marto, pai da Jacinta e do Francisco, que ficaram em casa. A burra escolhe onde pousar os cascos, tropeça muitas vezes na estrada pedregosa, mas mesmo quando consegue achar manchas de terra lisa entre tantos estorvos, o arcabouço da burra articula-se em múltiplas direções, todos os ossos do corpo parecem estar envolvidos em cada passada. Agarrada aos arreios, Lúcia baloiça nessas andanças, tenta equilibrar-se, nem sempre consegue. O pai já a apanhou duas vezes do chão. Os cascos da burra espetam-se nessa terra dura, levantam linhas de pó. O sol cobre todas as superfícies, tenta queimá-las, nada pode escapar-lhe. Não é pela agitação, é pelo calor, que Lúcia, descolorida, agoniada, pede ao pai que a ajude a descer. Sobre uma moita de giestas, a rapariga vomita a caneca de café com leite que bebeu antes de sair de casa. Até lá ao fundo, as cigarras estendem o seu tumulto por toda a paisagem, como uma multidão de consciências.

A administração do concelho está fechada. Analisam o edifício de vários ângulos, firmam a mão e empurram várias portas trancadas. Por fim, ouvem-se as vozes do pai e do tio de Lúcia, concordam os dois que a administração do concelho está fechada. No cimo da burra, Lúcia não é capaz de distinguir essa conclusão de três sílabas fanhosas, o pai agarra-a por baixo dos braços e pousa-a debaixo da pequena tira de sombra que àquela hora, quase meio-dia, se afasta da parede a menos de um palmo. Com as melhores roupas, desarranjada pelo caminho e pelo calor, Lúcia é uma boneca que só tem olhos. As pessoas que cruzam o largo não dão por esse grupo de dois homens, uma menina de dez anos e uma burra; passa gente animada, as suas vozes parecem uma cantoria, deslocam-se com gosto naquele sábado. Lúcia assiste a tudo isso. Os homens não sabem o que fazer. À vez, tiram as boinas e limpam a transpiração da testa com lenços de assoar. A partir de um sítio misterioso, céu ou terra, há o estrondo de sinos a pouca distância. Essas badaladas, uma a uma, contadas até doze, demoram muito tempo no peito do pai e do tio de Lúcia, retinem na sua preocupação. Quando se escuta a última, fica um vazio que ninguém consegue preencher imediatamente. Mas o mundo continua, as pessoas passam de uma ponta do largo à outra. Os homens, depois de muito debaterem, embaraçados na sua timidez, decidem perguntar a alguém quando abrirá a administração do concelho. É o pai de Lúcia, um pouco mais desperto, que fica incumbido dessa missão. Não pergunta ao primeiro, nem ao segundo, não pergunta ao terceiro, o Manuel Marto toca-lhe na manga da camisa, como se o encorajasse, mas também não pergunta ao quarto; é só à passagem de um velho marreco, o quinto, que o pai de Lúcia se aproxima de repente e lhe pergunta. O homem recompõe-se do susto, respira fundo e explica que a administração do concelho já não é ali, os republicanos mudaram tudo, e lá lhes explica o novo endereço, desenhando um mapa na palma da mão com a unha do indicador.

A transpiração arrefece devagar sobre a pele.

O administrador está contrariado, não gosta de esperar. E onde estão as outras crianças? O pai de Jacinta e Francisco, murcho, olha para o chão arrastando meias-palavras. Lúcia aproveita o fresco da sombra, casa de paredes grossas, e admira-se com esta situação inédita. Debaixo de um responso, o tio e o pai seguram as boinas, conformados com a torrente de palavras que o administrador lhes faz chover em cima. Às vezes, reagindo a perguntas que só têm uma resposta, em coro, preenchendo o silêncio, dizem: sim, senhor administrador. Ou: não, senhor administrador. Então, Lúcia não entende quando, num segundo, o administrador aponta para ela e começa a falar. Visível de repente, a rapariga inibe-se com a conversa daquele homem de bigode bem-arranjado e que, mesmo a mais de um metro, cheira a erva-doce. Conforme o padre na sacristia, mas com menos paciência, o administrador repete perguntas que já lhe fizeram muitas vezes. Nessa sala de madeiras antigas e chão encerado, há uma mulher que não olha para ninguém, só escreve ditados em folhas de papel; há o pai de Lúcia, o tio, o administrador do concelho e mais dois homens que, por curiosidade ou ofício, também prestam atenção em cada palavra ou assobio. Ao fim de pouco, o administrador diz que assim não pode ser, faltam condições para fazer o interrogatório como é devido. E já noutro tom, antes de os devolver ao seu resto de sábado, ainda pergunta ao pai de Lúcia se acredita nesses contos sobrenaturais.

Não, senhor administrador, tudo isso são histórias de mulheres.

x

12 [1] Haverá dias em que
serás transportado
pelo próprio tempo,
[2] desconfia dessa falta de
esforço.
[3] Viver é um trabalho.
[4] Os teus olhos foram feitos
para atravessar o invisível.
[5] De outro modo, ficariam
presos em todas as camadas
que dão forma aos objetos;
[6] mas, se souberes acrescentar
e subtrair, nada deste mundo
será interdito aos teus olhos,
[7] nenhum muro será
suficientemente
opaco para detê-los,
[8] nenhum invisível será
suficientemente fino
para escapar-lhes.
[9] Acredita nos teus olhos com
a mesma força com que crês
naquilo que os teus olhos
veem.
[10] E responde ao mundo que
recebe o teu olhar e o molda.
[11] Sim, o teu olhar também
é um material,
[12] a erosão ou as mãos de outros
poderão talhá-lo de
acordo com o que sabem
e o que não sabem, o que
esperam e o que são capazes
de imaginar.
[13] O único poder que terás
sobre essas esculturas será

a vantagem de responder,
não com palavras ou gestos,
mas com liberdade;
[14] responde sempre com
liberdade.
[15] Será através dos olhos que
passarás aos teus filhos tudo
o que souberes.
[16] Pouco valimento será dado
às lições que, em vã convicção,
te atrevas a dedicar-lhes.
[17] Não poderás ensinar mais
do que sabes;
[18] aquilo que souberes será
aquilo em que acreditares;
[19] aquilo em que acreditares
existirá dentro de ti,
[20] terá a forma de um mistério
que nunca entenderás
completamente
[21] e, no entanto, os teus filhos
irão recebê-lo, de modo
puro e inalterado, através
dos teus olhos.
[22] Queiras ou não, assim será.
[23] Os olhos não permitem
a mentira.

X

Na escuridão súbita, Lúcia, Jacinta e Francisco têm as cabeças juntas. Lúcia incomoda-se com o morno e a impaciência do hálito de Jacinta, mas continua calada. Nenhum dos primos fala, escuta-se apenas a passagem da charrete na terra, o ranger da madeira e das molas, o bom-dia que as pessoas arrastam na berma da estrada e que pode ter resposta ou não. Há um cheiro de outro tempo, a manhã é agora distante, os pássaros no céu são agora distantes. A espera suspende a velocidade habitual dos minutos. As crianças apreciam esta sombra que lhes devolve o descanso. O tecido da manta não é áspero, a luz do sol rebenta pelo meio do seu entrançado. Mesmo assim, quando o administrador puxa essa manta com que os cobre, Lúcia, Jacinta e Francisco encandeiam-se sempre, ficam com olhos pequeninos. Esta já é uma hora de sol bruto. De novo, o cheiro queimado da manhã. A charrete continua o seu caminho, as árvores fogem no sentido contrário. O relevo dos solavancos volta a complicar-se: quando as rodas da charrete acertam numa pedra alta só sabem trepá-la, acompanhando o recorte dos seus ângulos. Ainda assim, Lúcia sabe que a charrete é muito mais ligeira do que a burra, o banco de madeira é mais jeitoso do que os alforges. Nada aflige o homem que toca os cavalos, que os dirige na ponta das arreatas; é o próprio administrador do concelho que vai sempre de pescoço esticado, a olhar para longe, para o início do horizonte. Quando distingue alguém lá ao fundo, tapa logo as crianças com a manta. Essa gente segue no mesmo sentido das árvores, ao contrário da charrete do administrador, vão para a charneca, para a azinheira da Nossa Senhora. Hoje, é dia.

Lúcia, Jacinta e Francisco estão bem cientes de que hoje é o dia, mas agora o espanto é maior do que qualquer outra noção. Desde a timidez, olham em volta, abismando-se com tudo. Na casa do administrador, há móveis que poderiam ser comparados com a riqueza do altar de certas igrejas, há objetos polidos nas prateleiras, há pinturas emolduradas a encararem os hóspedes com grave testemunho, as cortinas são altas diante das vidraças, as paredes de certas divisões têm desenhos muito delicados e, mesmo os tetos, brancos de neve, apresentam figuras de gesso. As crianças encolhem-se debaixo de tanto fausto. Entende-se no rosto de Jacinta que está desejosa de falar, mas nem quando o administrador os deixa sozinhos numa sala, sentados em cadeirões, ela se atreve a um suspiro. Francisco sente-se inibido até das principais funções: abrir os olhos, respirar. Como os primos, também Lúcia não sabe o que a espera, mas não se priva de admirar os detalhes e as maravilhas do lustre. *Por que brilhas?* O teto reflete a luz que cintila devagar na ponta dos pingentes, claridade limpa que atravessa o cristal em múltiplas direções, conforme a água do rio salpicada pelo início da manhã, água fresca, promessa de bom tempo. Chegam ruídos simples da rua, confirmações de um mundo sereno. No interior de casa, só o silêncio de móveis que estalam na distância. Lúcia continua a fixar o lustre: uma árvore ao contrário, a nascer do teto, copa invertida, folhas de cristal. A meio de um pensamento, os pingentes soltam-se, lançam-se numa cascata. Esta chuva não acrescenta espanto ao rosto imóvel de Lúcia. Existe lógica nesta torrente de brilho, neste movimento, tempestade, e os pingentes não têm fim, o lustre não tem fim, derrama-se inteiro, sem fim, no centro da sala.

Não é por nunca terem visto carne e batatas que os cachopos estão acanhados, é pelos talheres, pela loiça, pela toalha de mesa, pelos guardanapos, pelas cadeiras almofadadas, pelos filhos do administrador a segurarem garfo e faca, pela senhora que entra com travessas ou cestos de pão fatiado, pela esposa do administrador a olhá-los preocupada. No silêncio de ninguém ter dado graças por aquela refeição, Lúcia levanta os pulsos do colo. Todos os que estão à mesa sentem esse movimento. Segura os talheres, são mais pesados do que julgava. Espeta o garfo numa batata pequena, ergue-a, está a meio desse gesto, não pode voltar atrás, deixa a batata na boca, mastiga-a devagar, esmaga-a com os dentes. Os seus movimentos acertam-se com o ritmo do administrador, da esposa e dos filhos do administrador. Passam segundos, Jacinta começa também a comer. Francisco não aguenta ficar sozinho, começa também a comer.

Todas as coisas estão limpas como se fossem novas.

No quarto da filha do administrador, o sol perfuma-se ao entrar pela janela. Quando Lúcia e Jacinta dão o primeiro passo no interior do quarto, Francisco já chegou ao jardim, puxado pelo rapaz, brincam com piões e guita. Antes, ao afastar-se, empurrado, Francisco estendeu um olhar amedrontado à irmã, mas ela não o sentiu. Jacinta estava enlevada nas companheiras, continua nesse encanto. Três meninas, são três meninas. Lúcia e Jacinta andam juntas, admirando-se com agrado, à espera de ordens. Seguem a filha do administrador e chegam a uma boneca de porcelana. Jacinta quase não contém a vontade de tocar-lhe nas rendinhas do vestido ou nos cabelos. Lúcia fixa-lhe os olhos pintados. *Olá, estava à tua espera.* A pouca distância, está um forno e panelas de alumínio, tão engraçadas e pequenas. Aproximam-se os passos da esposa do administrador. Sobe as escadas, avança pelo corredor, entra no quarto. É o seu sorriso que chama as raparigas. Tira alguma coisa da prateleira mais alta do armário, Lúcia e Jacinta não sabem o que é. Quando pousa esse objeto na camilha, usando as duas mãos e todo o cuidado, as primas inclinam-se ligeiramente para ver melhor. É um carrossel. A mulher dá-lhe corda e, durante alguns instantes de prodígio, as crianças assistem à maneira como pequenos bonecos de lata, rostos ilustrados com pincéis finos, dão voltas em pequenos cavalos. Mal termina, a mulher volta a dar corda ao carrossel e, com o mesmo assombro, as crianças assistem de novo a essa arte.

(Já eu tinha mais de treze anos quando a tua avó me comprou uma boneca pela primeira vez. As minhas irmãs mais velhas nunca me perdoaram, ferveram de inveja porque elas nunca tiveram nenhuma. A boneca ficava fechada num armário e só em dias assinalados é que a tua avó ma deixava ver. Nas poucas vezes em que pude pegar-lhe ao colo, senti amor maternal por aquela boneca. Esse era o tamanho da estima que tinha por ela. Mas tu não sabes do que estou a falar. Quando eras pequeno, partias todos os brinquedos que te comprava. Não eras capaz de estimar nada.)

A sombra das árvores do jardim é antiga.

Quando a esposa do administrador chama as crianças para

lanchar, saem todas dos seus esconderijos. Como se uma tensão lhe abandonasse os músculos, Francisco para de procurar, já não faz falta. Lúcia levanta-se atrás de um muro de buxo, o cheiro da seiva, a sugestão da tesoura afiada que o moldou. A voz da mulher permanece ainda nesta hora fresca, prolonga-se no seu rosto liso. Suspensa, segura um jarro de limonada e espera pelas crianças. Em passos que não têm pressa, apenas certeza, Lúcia avança numa linha reta e, à medida que os contornos da esposa do administrador se tornam nítidos, imagina como seria se tivesse uma mãe assim.

x

Marcando a cadência, Maria da Capelinha avança na beira da estrada à frente de um rancho de gente audaz, mulheres com lenços bem atados à cabeça, homens de pele curtida, os seus próprios filhos no meio desse povo, João com o varapau a amparar-lhe os passos do lado esquerdo. Parece preocupada com alguma coisa, aspira à perfeição. Talvez por isso, não reconhece o administrador do concelho quando ele passa na charrete. Encandeada por pensamentos, leva a atenção noutros assuntos. Quando a charrete apareceu no horizonte, Maria da Capelinha largou um aviso para que todos se arrumassem à berma, para que tivessem tento nas crianças. Teve esse cuidado, mas não achou que merecesse a pena reparar em quem seguia nessa carruagem. O seu interesse está na direção oposta, a azinheira fica para o outro lado. Da passagem da charrete, fica apenas o sabor seco a terra, fica a nuvem de poeira fina que se cola ao rosto transpirado, é preciso semicerrar os olhos, tapá-los com a mão; poeira fina entra-lhe pela boca, cobre-lhe a língua.

Talvez o calor que a terra emana seja uma das formas que a terra tem de se exprimir.

A charneca parece aumentar para receber tanta gente. A azinheira parece encolher no meio de tanta gente. Maria da Capelinha protege a árvore daqueles que idealizam aproximar-se da sua obra: no último mês, arrancou tojos, ervas de toda a espécie, amanhou uma eira à volta do pequeno tronco, limpou-a de pedras, ajeitou-a. Descreve esse trabalho ao homem que descarregou uma mesa da carroça, que a levantou no ar, atravessou o campo com ela, as pessoas a desviarem-se à sua frente, e a pousou exatamente onde Maria da Capelinha lhe pediu. Então, recebe longos agradecimentos, que seja por Nossa Senhora, que a Virgem o favoreça em tudo, e, até o homem lhe virar as costas, Maria da Capelinha queixa-se de todo o tipo de maleitas, mazelas, problemas e sofrimentos.

Sob o zumbido de rezas próximas ou distantes, há quem consiga achar uma sombra para abrir o farnel. Uns têm mais, outros têm menos. Uns têm melhor, outros têm pior. Cada um come o seu.

Da nossa morte, ámen. Ave, Maria, cheia de graça.

Maria da Capelinha tem bom olho para números. Quinze mil, ao menos quinze mil pessoas, diz ela. Ninguém a ouve. Em redor da azinheira, há demasiados cotovelos, vozes a entoarem ave-marias encadeadas, parece que vão parar no ámen, dito com vontade coletiva, mas continuam sempre, são pessoas que respiram pouco.

Onde estão os garotos?

* * *

Como vento a varrer o pasto, a dúvida passa em levas pela multidão que se estende ao longo dos campos, é um sussurro sem nome e sem rosto que restolha entre as conversas e os cânticos. Num instante, misturado com os gritos avulsos dos desesperados, esse incêndio ateia-se nas vozes e alastra até tomar as conversas, até desfazer os cânticos. De repente, toda a gente quer saber onde estão as crianças.

Levaram as crianças, prenderam as crianças.

As palavras deixaram de ter alguém que as diga. As palavras andam sozinhas, transportam uma certeza, conduzem-na de rosto em rosto.

Há gente que se indigna e há gente que uiva. Em voz alta, maldizem o prior, o regedor, o administrador. Perderam o medo e berram contra toda a autoridade. Descobriram uma nova força e não estão dispostos a prescindir dela, parece-lhes que sempre a tiveram. Esqueceram todas as vezes em que não tiveram razão.

Maria da Capelinha assusta-se. Quando essa desordem começa a levantar, alarga os atilhos do saco de pano da merenda e enche-o com mãos-cheias das moedas que, entretanto, quase cobrem o tampo da mesa que providenciou. Depois de recolher o último vintém, e uma moeda de meio tostão que estava caída na terra, Maria da Capelinha dá um laço nos atilhos do saco, abraça-o e fica parada diante da azinheira, de frente para a multidão desalinhada. Nesse momento, Maria da Capelinha acredita que está disposta a morrer pela árvore.

X

A voz do administrador como chumbo; a voz de Lúcia a desvanecer-se.

Ouvi falar de um segredo. Que segredo é esse?

Não há nenhum segredo, senhor.

Por que é que não o podes contar?

Não é isso.

Sabes o que são as leis?

Sim, senhor.

Sabes o que acontece a quem desconsidera as leis? Lúcia conhece aquela sala, mas estranha certas diferenças: a ausência do pai e do tio, a presença nervosa da Jacinta e do Francisco. Assim, quase parece outra sala, apesar dos mesmos móveis austeros, a mesma penumbra, a mesma mulher a tirar apontamentos de cada palavra dita.

Não ouves? Sabes o que acontece a quem desconsidera as leis?

Lúcia começa a chorar. Não pela antipatia do administrador do concelho, não pelos olhares de todos a sufocá-la, mas porque está exausta. Acredita que não aguenta mais.

13 [1] Todas as leis se ramificam
a partir de uma
única lei,
[2] essa é a mais importante lei
das leis, esse é o fundamento.
[3] Todas as palavras que existem
derivam dessa verdade,
servem-na,
[4] todas tentam exprimi-la.
[5] Juntas, sobrepostas, as leis
e as palavras formam uma
montanha:
[6] essa montanha é essa verdade.
[7] Tudo sempre, nada nunca.
[8] Guardo esse nome sem
precisar de referi-lo:
[9] quando chegar a hora, serás
sempre capaz de identificá-lo nas
tuas certezas.
[10] Essa é a razão.
[11] Seguindo essa lei, criei
o mundo, pu-la em tudo
o que fiz bem.

(Ninguém aprende a tocar guitarra sem aleijar a ponta dos dedos. Se eu me tivesse convencido de que não aguentava mais, tinhas ficado por nascer. Às vezes, o cansaço é uma forma de medo.)

No fim de tarde daquela quarta-feira, dia da assunção de Nossa Senhora, todos vão em silêncio. Desta vez, o administrador não quis fazer a viagem, três léguas a destruírem-lhe as costas. Mandou o oficial trazer as crianças. Os solavancos da charrete fazem balançar Lúcia, mas o seu corpo recupera logo a posição. No interior do rosto, leva lembranças das duas noites na casa do administrador, o cheiro dos lençóis, a paz, a esposa do administrador a aconchegar-lhe a roupa da cama sobre os ombros. *Boa-noite, dorme bem.*

Não lhes custa achar seis pedras na terra do adro. Na varanda da casa do prior, Lúcia e Jacinta entretêm-se com o jogo das pedrinhas. Francisco tem as mãos guardadas nos bolsos, o olhar preso na luz desta hora, como se fosse o seu próprio olhar que entardecesse. O oficial do administrador está sentado na charrete, à espera do padre, quer deixar as crianças entregues. A igreja tem a porta aberta. A missa está quase a chegar ao fim, liberta um túnel de luz que se espalma no chão, liberta também as vozes de um grupo de pessoas que não sabe cantar, gente que canta como se estivesse a lamentar-se de uma desgraça. Cá fora, durante esse tempo, não há novidades, passam cães indiferentes, sombras melancólicas. É só quando saem os primeiros da missa que começa o desassossego. Enchem o adro com um descontentamento que não tem direção e que só termina quando chega o padre e os manda calar.

X

Esperou pelo sábado. As pessoas admiram-se ao vê-la entrar na igreja, são gente que se admira com pouco. Maria da Capelinha saiu da sua freguesia com uma ideia, fez o caminho sem pressa. Ajoelha-se com devoção, levanta-se com devoção, canta sem olhar para o missal. Maria da Capelinha tem o rosário enrolado à mão, aperta-o. Nesse toque, entre as contas, a palma da mão e os dedos, há fervorosa sensibilidade. Quando chega o momento, dirige-se ao centro da igreja e põe-se na fila da comunhão. O prior não altera a repetição da voz ou do gesto quando lhe pousa a hóstia sobre a língua. Antes de sair, toda a gente repara na oferta que deixa na caixa de esmolas.

Na rua, distingue António Abóbora num grupo de homens. Primeiro, avança receosa; depois, ao percebê-lo sóbrio, dá os passos que faltam, cumprimenta-o e puxa-o para o lado. Os outros homens ficam a olhá-los, alguns sussurram comentários alarves. Maria da Capelinha quer falar da azinheira e do terreno, quer licença para poder tratar daquele chão à sua maneira. O pai de

Lúcia, incomodado, diz-lhe que, por respeito à situação, ainda não tocou em nada do que ela lá deixou, mas garante-lhe que não quer estrumeiras na sua terra, não está interessado em barracas de nenhuma ordem. Diz ainda que dispensa o dinheiro, pouco ou muito, que ela lá recolheu. Maria da Capelinha não responde, continua a olhá-lo, imperturbada, e pensa que faz bem em não querer o dinheiro, ninguém estava a oferecer-lho.

Quando Lúcia levanta a pedra, a minhoca não reage logo, parece adormecida no seu brilho húmido. É só quando sente a luz ou a temperatura que começa a enfiar-se na terra. Mas o seu corpo é demasiado comprido, Lúcia atira a pedra para o lado e ainda consegue agarrar-lhe a ponta do rabo. A minhoca contorce-se entre os seus dedos. Lúcia levanta-a à altura do olhar.

Por que me olhas assim, menina?
Prefiro não responder.
O que me queres?
Prefiro não falar contigo.

Maria da Capelinha tem paciência para esperar na extrema do quintal. Lúcia ouve chamar e aproxima-se ao reconhecê-la, recorda o zelo que sempre recebeu desta mulher. A tarde é incandescente. Maria da Capelinha exagera certos detalhes para contar o que aconteceu no dia 13, na ausência de Lúcia, enquanto estava presa pelo administrador, a ser maltratada e coagida. Falou-lhe dos milhares de pessoas, gente, gente, gente. Explicou-lhe que, a certa altura, a Nossa Senhora veio, anunciada pelo trovão, pelo relâmpago e, por fim, a nuvem luminosa chegou a flutuar. Quando viu que faltava Lúcia, não se demorou, voltou pelo mesmo caminho.

Lúcia não se perturba com esta descrição.

Preciso que lhe fales do dinheiro das ofertas. Pergunta-lhe o que quer que se faça com o dinheiro das ofertas. Quando é que vais voltar a vê-la?

A rapariga encolhe-se e, com voz sumida, diz que prefere não o fazer. Maria da Capelinha entra em pânico.

(É fácil que prefiras não escrever, mas sabes quantos olhos estão à espera que continues? É tarde para esses escrúpulos. Chegaste até aqui, trouxeste esta gente toda contigo. Agora, não podes fingir que estas páginas foram um equívoco, que não as escreveste e que esta gente não gastou o seu tempo e a sua confiança a lê-las.)

Houve quem saísse de casa ainda a madrugada não se imaginava, pessoas trôpegas, incapazes. Se lhes pedissem para ir ali ao fundo por qualquer outro motivo, o mais certo seria negarem-se, tal a miséria das suas capacidades. E foram esses mesmos que, por ti, pela esperança que lhes deste, se lançaram à estrada, sem medo da lonjura, mas sabe Deus com que suplício. O que será deles se perderem esta sobra de possibilidade? Agora, é a tua causa que os mantém, Lúcia, é o teu olhar que sustenta essas vidas, são milhares de almas a depender de ti. Não te posso poupar à verdade: este já não é um tempo de dúvidas, esse tempo acabou.

(Como seria se eu tivesse preferido não te criar? Como seria se eu tivesse preferido não te parir? Enganas-te se pensas que há aqui uma escolha, se te convences de que estás num entroncamento e podes ir numa ou noutra direção. Aprende: na vida, não existe parar ou retroceder. A paciência que estas pessoas gastaram contigo não lhes pode ser devolvida.)

Por todos os que precisam ainda mais do que eu, não por

mim, peço-te dó, ternura e respeito. Mesmo não estando aqui, são milhares os que levantam os rostos para te ouvir. A tua graça é luz preciosa a orientá-los. Se os deixares cair, essa queda acabará por esmagar-te.

(Termina o que fizeste existir, não me dececiones mais. Letra a letra, terás palavras; palavra a palavra, terás as páginas de que necessitas para a conclusão que todos esperam e merecem. Aqui, agora, não se trata do que preferes ou deixas de preferir.)

Peço-te, sente a consciência. São muitos, tantos quanto as estrelas, os que dependem da tua resposta. Se escolheres a morte, terás de suportá-la pelo resto dos teus dias. Serás capaz de aguentar esse peso?

Quando a mãe de Lúcia assoma à porta do quintal e a vê com Maria da Capelinha, não diz nada. Avança direita à filha, agarra-a pelo pulso e encaminha-a para casa.

X

Conforme esteve na missa, a mesma circunspeção, o mesmo silêncio, assim está Lúcia diante do rebanho. As ovelhas estão distraídas com o pasto. Muitas conhecem o seu primeiro verão, acreditam que o tempo será sempre assim, terão uma grande surpresa no outono. Jacinta analisa qualquer detalhe de uma flor silvestre, os seus olhos amplificam essa pinta de cor que segura entre o indicador e o polegar. Os sons são poucos e naturais, o céu é imenso, profundo. A cadela deita-se de barriga para cima, mimosa, a receber as festas de Francisco.

Lúcia, estás a pensar em quê?

Talvez por ser domingo, a manhã não quer acabar. Livre do rebanho, que foi deixar ao curral, Lúcia entra na casa dos primos. Amável, a tia explica-lhe que Jacinta só pode brincar mais tarde; agora, precisa de catá-la. A pequena não protesta, quer muito acompanhar a prima, mas agradece qualquer alívio, está farta de comichão, tem a cabeça marcada com feridas de tanto se esgravatar. Em todas as horas sente os piolhos que lhe passam entre os cabelos, acelerados ou vagarosos, atletas de patas ligeiras ou mandriões de barriga cheia; uns e outros a deixarem-lhe fiadas de lêndeas, como colares de pérolas. Lúcia não insiste, dá uma expressão cinzenta ao seu desagrado e sai, seguida por dois primos, o Francisco e o João, mais velho.

É mesmo o João que regressa esbaforido, ainda não passou meia hora. Jacinta tem a cabeça no colo da mãe, os cabelos soltos. A mãe examina-a por cima de uma das orelhas. Antes, para além dos pequenos sons, do grande silêncio, ouvia-se apenas o gosto com que a mãe caçava cada piolho e, logo a seguir, o estalido desse corpo a rebentar, esmagado entre as unhas dos polegares. À entrada do filho, Jacinta e a mãe sobressaltam-se. O rapaz parou, o fôlego continua a correr.

Deixe-a vir, mãe, que é lá precisa.

Lá precisa, para quê? Não me dirás?

É que a Lúcia já viu nos astros os sinais de que a Nossa Senhora vai aparecer e quer lá a Jacinta a toda a pressa.

Por duas vezes, a menina tem de assentar a palma da mão em muros caiados. Mas, no primeiro pensamento, volta logo à corrida. Está calor de braseiro. Lúcia e Francisco não estão diante da azinheira, com as fitas e os enfeites de Maria da Capelinha, não estão acompanhados, estão sozinhos e ajoelhados numa sombra de outro terreno onde, em vezes bissextas, levam os rebanhos. Ao aproximar-se, João quer que a irmã o ouça.

Estás a ver alguma coisa? Estás a ver alguma coisa?

Mas Jacinta, transpirada e indiferente, não lhe responde. Ajoelha-se ao lado de Lúcia e de Francisco. Chegou mesmo a tempo.

X

(Aqui estou. Visível ou invisível, aqui estou. Com os erros que não te contei, com os defeitos que fui capaz de esconder, aqui estou. Antes este mistério do que essa ideia impossível que vês em mim. A perfeição que me impuseste desprezou as minhas necessidades. Roubaste-me a lascívia, o prazer, absolveste-me de todos os crimes, até daqueles que me orgulho de ter cometido. Queres que te agradeça por me privares de ser inteira? Não sou essa voz, distorção de dúvidas e de medos. Não sou esse silêncio, essa falta proporcional à distância que te separa de mim. Sim, peguei-te ao colo, consolei-te quando soluçavas, soube alimentar-te com o meu próprio corpo, mereço castigo por te ter conhecido frágil e por ter tomado conta de ti? Na minha vida, fiz muito mais do que isso. Não faltam lugares onde estive e não estiveste, não faltam idades que te excluem. Agora mesmo, continuo a existir quando não te lembras de mim e, até quando passo por ti na sala ou quando estou sentada ao teu lado, só eu sei aquilo em que penso. Visível ou invisível, sou um mistério que sempre te escapará e, no entanto, esta ironia: aqui, nestas páginas, só consigo ser aquela que fores capaz de escrever, que fores capaz de ver.)

X

Fizeste o que é certo. Este não é o momento de preferir ou deixar de preferir. Cada um, mesmo o mais humilde, tem de cumprir o que se espera dele. És uma boa menina.

E Maria da Capelinha passou a mão pela face de Lúcia.

Mas, conta-me, que emprego deu a Nossa Senhora para as ofertas?

Lúcia acabou de chegar. Veio ao encontro de Maria da Capelinha, sabendo que a encontraria de roda da azinheira. Deixou os primos com o rebanho e fez esse caminho de propósito.

A Nossa Senhora pediu para fazermos dois andores: um levo-o eu com a Jacinta e outras duas meninas, vestidas de branco; o segundo deverá ser levado pelo Francisco e três meninos, a usarem opas também brancas.

Só isso?

Disse também que o dinheiro dos andores é para a festa da Nossa Senhora do Rosário.

Só isso?

Sim, acho que sim.

Mas não te mete pena que esse dinheiro não sirva para se levantar aqui uma linda capela? Pensa bem: uma linda capela.

A Nossa Senhora mandou assim, tem de se seguir o que ela manda.

Ó Lúcia, quando a Nossa Senhora voltar, no dia 13 de setembro, pede-lhe para se fazer uma capela, sim?

SETEMBRO

X

Ainda bem que estás aqui. Sem ti, este momento não faria sentido ou faria um sentido diferente e, dessa maneira, este momento, todo ele, seria diferente. Sem ti, este momento não existiria.

Também te agradeço, menina. Deste-me um instante de calma. Desde que vivo segundo a vontade de brisas e ventos, só muito raramente tenho descanso dessa indecisão.

Não me agradeças. Como gostava de dar-te uma vida inteira de calma, mas ninguém pode fazer oferta do que não tem.

Sim, menina, eu compreendo.

Além de tudo, se te prendesse, não seria vida o que te dava.

Com todos os percalços e transtornos, viver é continuar.

Sim, é verdade, menina. Viver é continuar.

Lúcia assenta a pena na palma da mão. Deixa a mão aberta, a pouca distância do rosto. Despede-se em silêncio, não há mais nada que possa dizer. Uma aragem leva a pena para o mesmo céu de onde veio, sobre esta hora da tarde, sobre o quintal. Sentada nas lajes do poço, Lúcia segue a pena com o olhar até deixar de conseguir distingui-la.

Os ramos das oliveiras querem falar de quê?

Lúcia não se admira quando vê três crianças a descer a vereda do quintal e a aproximarem-se. São duas raparigas e um rapaz que, mesmo à distância, reconhece com facilidade. Nas últimas semanas, nos últimos meses, Lúcia brinca cada vez menos com outras crianças. As pessoas que chegam de madrugada e que só arredam da porta da sua casa já a noite está entrada intimidam as crianças, assustam-nas tanto com os seus uivos como com o seu silêncio. Nas vezes raras em que aparece alguma, é a mãe de Lúcia que as proíbe de entrar. Com razão, desconfia que são as mães ou as avós que as mandam, portadoras de pedidos. No entanto, hoje, foi a própria mãe de Lúcia que, quase sussurrando, num tom que não lhe é habitual, mandou a órfã ir buscar aquelas três crianças. São três irmãos que moram no fundo da rua. Uma das raparigas é da idade da Lúcia, talvez menos um ano, quando muito; os outros dois são mais novos, terão uns seis ou sete anos. Maria doeu-se ao ver a filha tão esmorecida. Ninguém se arrelia mais com a cena da azinheira do que ela. Nas suas orações, todos os dias pede desculpa a Nossa Senhora e suplica a Cristo que acabe com esta história. Mas custou-lhe achar a filha sem força na voz, obediente por apatia. Lúcia olha para as três crianças a caminharem, esquivas, os passos a custarem-lhes, e não imagina que a mãe as mandou chamar. Ainda assim, não se admira de vê-las. Lúcia admira-se com cada vez menos assuntos.

A distância pouco prática, artificial, três metros quase exatos, os irmãos ficam sem palavras, acanhados, parece que se esqueceram das tantas vezes que já brincaram com Lúcia. Como se também estivesse esquecida dessas ocasiões em que pouco se interessou por eles, pequenos e irritantes, Lúcia levanta-se e sorri. A rapariga mais velha, por obrigação, pergunta-lhe se quer brincar. Lúcia aproveita para tomar a palavra: começa por enumerar possibilidades para quatro jogadores, mas vai descaindo para outros temas, conquistando aos poucos um à-vontade que reconhece em pequenos sinais das crianças. Após esse extenso monólogo, há silêncio que desgasta e, por isso, a mais velha diz qualquer coisa vaga, uma espécie de reticências. É o rapaz, pequeno, descarado, livre, lacónico, que pergunta a Lúcia acerca de Nossa Senhora.

Os talos das couves são feitos de lenha rude.

Maria escuta ordens e dúvidas dos seus pensamentos, passa pela órfã sem a sentir. Falta ainda muito para chegarem as filhas do campo, para chegar o Manuel, com cheiro de terra e transpiração. No fresco da cozinha, entre sombras, há fragmentos de palavras, atravessam os buracos da porta velha ou as paredes, tijolos e cal. São as vozes das pessoas que estão na rua. Maria satura-se com esse sussurro sucessivo, vento ciciado e assassino a envolver a casa. Em busca de descanso, sai para o quintal. Caminha até às últimas couves, não porque precise dessas folhas específicas, a sopa também se fazia com as que estão mais perto, mas quer espreitar Lúcia, quer garantir que a filha se animou. É também por isso que Maria avança devagar entre as couves, pousando os pés onde não há ervas secas. É nessa calada que começa a escutar a voz infantil da filha. Não percebe logo o que se passa: os três filhos da vizinha estão ajoelhados diante de Lúcia, que desatou o lenço e o pousou como um véu sobre os cabelos. Então, percebe: a filha está a fingir que é Nossa Senhora.

Quando vê a mãe, o pânico desfigura Lúcia. Nesse mesmo repente, a terra abre-se diante dos pés da mãe, toda a distância de um rasgão até um fundo negro. Como montanhas abruptas, afastam-se duas imensas paredes de terra, um abismo. Há um estrondo mundial que não permite pensamentos, há um cheiro a terra fresca ou a morte.

Só estávamos a brincar, só estávamos a brincar.

Lúcia segue à frente da mãe, sem ousar desviar-se das palmadas de mão aberta que lhe acertam nas costas ou nos braços. Os filhos da vizinha já desandaram, espavoridos. As galinhas atrapalham-se no meio do caminho. Lúcia entra na cozinha, mas a mãe não a segue, precisa de recompor-se, amparada pela cancela do curral, aflita com a respiração. No interior de casa, Lúcia é coberta por uma mágoa muito grande, uma tempestade. Humilhada, aceita as lágrimas que lhe inundam as faces. Os cabelos despenteados colam-se ao rosto, está tão triste. Soluça e baba-se sem julgamento até ao momento em que cruza o seu olhar com o da órfã. Sem conseguir dar a forma à boca, as palavras saem-lhe mal pronunciadas.

Estás a olhar para quê? Nunca viste? Não tens nada para fazer?

X

Regressam os sons do quintal, da aldeia e dos campos, regressa um despropósito de minúcias, espalhadas numa lonjura que Maria não tem vontade de imaginar. O tempo regressa à suspensão desta hora, luz parada a meio de escurecer. Depois do susto, as ovelhas recuperam a confiança, supõem que o mundo não vai alterar o seu ritmo outra vez. Duas crias aproximam-se da porta, acreditam que Maria está aqui para lhes dar um petisco ou um afago no pelo. Esse é o fraco conhecimento que têm da vida. Maria não sabe o que fazer com Lúcia: esse nome em todas as conversas, sem descanso, esse nome nas ideias e, à noite, ferrada a dormir, esse nome nos sonhos e nos pesadelos. Não duvida que se trata de um teste do Senhor. Olhando em volta, sempre soube que a vida apresenta provações. Em hipótese, no entanto, pareciam muito mais suportáveis. Noutras horas, defendendo-se, Maria reza quantas orações sabe e, convicta, garante promessas; mas aqui, nesta hora, falta-lhe ânimo. Os calores que a afogueiam, lançados ao peito e às faces, também têm uma parte nesta derrota. O corpo parece querer desmoronar-se, como se a alma fosse goma a manter-lhe unidade e, agora, debilitada, abalasse toda a armação. Estás velha, Maria, repete a si própria dentro das ideias, como se quisesse convencer-se. Mas sabe que não há desculpas: é agora, com esta idade e afrontamentos, que tem de enfrentar este estorvo. As filhas, irmãs de Lúcia, nunca fizeram um caminho malfeito, nem o Manuel, que é rapaz e podia meter-se em problemas de rapazes. Na época em que eram cachopos, Maria tinha mais capacidade e força, mas o filho e as filhas mais velhas passaram ao lado de todos os dissabores, nunca lhe deram aflições. Com a exceção da filha morta.

(Não se pode imaginar onde chegariam as mães sem o melindre a que as sujeitam. Se um louco agredir o filho, a mãe fica logo à sua mercê. O mal que fizerem ao filho será como se fizessem dez vezes pior a ela. Depois, o tempo passa. Quando crescem, os filhos seguem as suas vidas e, contrariados, visitam as mães em dias santos e folgas. Já não lhes fazem falta.)

O cheiro das figueiras, copas intrincadas de folhas carnudas, enche o ar fresco do quintal. São figos doces, perfumados por juventude. Maria escuta a filha a soluçar na cozinha, esse som dá-lhe tonturas. O estômago responde, parece que vai para vomitar, faz todo o movimento, o corpo convulsiona-se, mas só lhe chega um resto de água à boca, azeda e ácida, picante. Cospe esse fel na terra e, por fim, deixa-se chorar. Talvez por hábito, estas lágrimas trazem-lhe a injustiça de se sentir sozinha. Não vale a pena perguntar pelo marido, sabe exatamente onde se esconde e, depois da mágoa, guarda-lhe um rancor que, aos poucos, vai perdendo possibilidade de perdão. Limpa as lágrimas com a manga. Atrás de uma parede e de uma porta aberta, Maria tem a sua filha de dez anos a soluçar. Essa é uma ferida aberta. Tem também uma casa sitiada por gente que parece querer matá-la com súplicas e miséria. Já não bastam as esmolas que toda a vida deu aos esfarrapados: as duas mãos-cheias de batatas novas, porções de feijão e grão-de-bico, azeite vertido diretamente da almotolia para garrafas sujas, fatias de pão com queijo de ovelha, tigelas de azeitonas retalhadas ou, mesmo, lascas de carne da salgadeira. Já não basta alimento dessa qualidade. Agora, até os pobres se inibem de aparecer. Em vez desses, é gente bem-composta que lhe ronda a porta, mendigam saúde e misericórdia, querem por força uma migalha de esperança perante o desespero. Maria respira fundo. Quem se aflige com o desespero que só ela conhece? Quem o pode avaliar? Maria sabe que, em matéria de sofrimento, cada um se ocupa com aquele que lhe coube, não há escolha. Então, escuta a porta da rua a ser aberta. As filhas chegaram. Sem precisar de vê-las, Maria sabe que Glória e Carolina estão a pousar os pequenos cestos do farnel e, nesse gesto, pousam também uma longa fadiga. Lúcia, de certeza, está a esconder o choro, a engoli-lo. Maria sabe que já pode entrar, irá encontrar um tempo novo, ligeiro. Dá o primeiro passo na direção da porta da cozinha.

X

As vozes contorcem-se na escuridão do quarto. O fôlego de Lúcia segue um compasso diferente da respiração das irmãs: interrompe-as ou prolonga-as. Há meses que sente uma carga sobre o coração, permanente, sem descanso. Em instantes, como agora, essa carga seca-lhe a garganta, precipita-lhe um pânico que faz latejar as têmporas. As vozes contorcem-se dentro de Lúcia, não apenas dentro da cabeça, parece-lhe, mas no interior mesmo da carne: as vozes correm-lhe pelas veias. Incomodada, apesar de lhe apetecer atirar os lençóis com toda a força, destapa-se devagar, não quer acordar a irmã. O sono de Carolina parece profundo, mas Lúcia sabe que, às vezes, com meio voltejo, a irmã desperta. Na outra cama, Glória também parece convicta do seu descanso. Na escuridão, os minutos são informes. Lúcia não sabe quanto tempo passou desde que deixou de escutar os sussurros da mãe e do pai. Se tivesse tomado atenção aos cães que ladram na rua, aos sons de onde ainda acontecem coisas a esta hora da noite, talvez pudesse ter uma ideia mais certa do tempo. Mesmo tapando os ouvidos, Lúcia não deixa de ouvir as vozes. A vida, cada vez mais, é como quando está a brincar com a prima e se lembra de girar sobre si própria até ficar tonta. Nessas voltas, o mundo distorce-se, é impossível fixar qualquer imagem, as cores entornam-se umas sobre as outras. Depois, quando para, o chão desnivela-se, o céu agita-se como água num copo que alguém abanasse por capricho. A vida é essa vertigem, mas, num instante, sem aviso: a realidade súbita, a nitidez súbita. Então, apercebe-se de ângulos que não tinha considerado e que a deixam aflita. E custa-lhe, como agora, com falta de posição e de ar, inundada e atravessada por vozes, mas acaba sempre por encontrar uma fuga, sobrevivência, que a leva de volta para a alucinação, onde não tem de pensar, como quando brinca aos redemoinhos com a prima, ou como no carrossel de corda que viu na casa do administrador, como se fosse uma dessas crianças de lata a darem voltas e voltas, mas, ao contrário delas, a ser infeliz.

14 [1] Para oferecer conforto
rudimentar, retirei
peso às palavras
e às ações.
[2] O conhecimento completo
emudece as palavras e tolhe
as ações.
[3] O absoluto é um fardo
insuportável.
[4] A irresponsabilidade faz
tanta falta como a
responsabilidade,
cada uma tem
a sua hora,
[5] os sábios usam-nas ao mesmo
tempo, mais de uma ou
mais de outra, tanto de uma
como de outra,
[6] os sábios conseguem distinguir
as ocasiões e as medidas,
[7] e não duvidam que precisam
de uma e de outra.

Lúcia aproveita o sossego de toda a gente a dormir, fingindo acreditar que o mundo está suspenso até ao momento em que decida retomá-lo. As vozes, no entanto, continuam a sua desinquietação, sempre, como se estivessem condenadas, como se condenassem. São vozes de mil rostos a procurarem o rosto de Lúcia, a empurrarem-se, a lutarem por um instante da sua atenção, desesperadas, são vozes atiradas para dentro de Lúcia e que, agora, a seguem e povoam. Entre essas vozes quebradas, Lúcia assiste ao sorriso do pai, é capaz de distingui-lo na noite que preenche o quarto, essa é uma memória de outro tempo, de outra inocência, o pai a brincar com ela, amável gigante, e a mãe a ralhar, essa reprimenda a ser uma maneira de brincar também, uma rabugice divertida. Agora, esta carga sobre o coração. Lúcia sente-se errada, desajustada da família: no mesmo lugar, a usarem os mesmos objetos, mas num tempo diferente, eles neste momento e Lúcia no passado ou no futuro, onde não a podem ouvir. Carolina já não se mete com a irmã, olhar vítreo; Glória fala-lhe sempre com antipatia; Manuel não a vê; a mãe é a mãe; o pai deixou de ser o pai. Esta carga sobre o coração. Devagar, Lúcia avança com o braço na direção da irmã, a mão a progredir pelos lençóis, a seguir o relevo dessa superfície e o restolhar lento do colchão. Lúcia precisa do consolo desse toque, mesmo que apenas assim, roubado, mas quando as pontas dos dedos lhe tocam o cotovelo, Lúcia apercebe-se de que a pele da irmã está fria, enrijecida e coberta por gelo. Com cuidado, tentando não a acordar, Lúcia passa-lhe os dedos pelo braço, do pulso ao ombro, sentindo poeira de gelo a esboroar-se da pele da irmã, gélida, congelada.

x

Lúcia agarra-se à mãe, vai para abraçar-lhe a cintura, mas a mãe afasta-a com as duas mãos. Agora aguenta as consequências. A porta abana toda com pancadas que não param de castigá-la, batem de palma aberta e com os punhos. Não vai aguentar, a impressão é de que a porta não vai aguentar. Quando acertam no postigo, parece que o vão meter para dentro. São palmadas secas; às vezes, mais do que uma mão a bater. Há também as vozes desencontradas que pedem para abrir, vozes de mulheres de várias idades, vozes de crianças que aproveitam a oportunidade de gritar, vozes de homens que gostam de confusão. Por não ter resposta para o olhar das irmãs, Lúcia chora num canto da lareira apagada. Nervosa, a mãe dá passos indecisos, vai-não-vai. Onde está o pai de Lúcia? Como é costume, saiu de madrugada para o campo, levou o filho Manuel. Mas este não é um dia comum. Ontem, a mulher pediu-lhe que ficasse, mas ele achou graça, riu-se. Há semanas que Maria põe a tranca todos os dias. Entre as pessoas que lhe passam horas à porta, há impertinentes que não respeitam limites. Mas mesmo essa tábua atravessada parece disposta a ceder perante as batidas de mão aberta com que derreiam aquela madeira velha. Lá vai, Maria dirige-se à porta, abre o postigo e, com maus modos, fala para mulheres que se atropelam. Mas o que vem a ser isto? Após um compasso de surpresa, há uma mulher encorpada, atrevida, que enfia o braço inteiro pelo postigo e atira a tranca para o chão. A mãe de Lúcia só tem tempo de afastar-se às arrecuas. Uma maré de mulheres entra-lhe pela casa adentro, finalmente satisfeitas e vitoriosas. Maria teme que alguma caia e as outras a espezinhem. O que querem estas mulheres, afinal?

As primeiras a chegarem diante de Lúcia não sabem o que hão de dizer. Se queriam preveni-la de que é quinta-feira, dia 13, não precisavam de prestar-se a esta ansiedade, Lúcia está bem ciente de que é dia 13. Há muito que não a deixam pensar noutro assunto. Esta multidão não sabe o que quer, é composta por pessoas que entraram e perderam o propósito. Mesmo assim, já não vão embora, não têm por onde sair. Na rua, há um tropel ainda mais impaciente, ainda mais desorientado. Como uma ampulheta entupida, afunilam-se de encontro à porta aberta, enchem todas as divisões da casa e enchem a rua inteira. Maria não pode admitir este impasse, tem de tomar uma atitude. Levanta a voz e, como se estivesse a dar uma ordem, diz que vão agora para a charneca, agora mesmo. Há um rumor de aprovação. E, por um instante, as pessoas ficam todas a olhar umas para as outras. Apertadas, encolhidas, de ombros colados, não são capazes de mexer-se.

Milhares de passos resvalam na terra seca.

Sem os dois homens que a amparam, Lúcia não seria capaz de caminhar. Corpos atiram-se na sua direção. Quando levanta a cabeça, vê rostos a sucederem-se à sua frente, deixando-lhe meias frases ou meias-palavras. Os homens protegem-na, abrem os braços para afastar essa gente. Lúcia tropeça em pedregulhos ou em carreiros abertos na terra por chuvas de há meses. O céu é pequeno atrás de todas as pessoas que se inclinam sobre ela. Com pouco ar, abafada pelo mundo, Lúcia vai decidida. Sabe que, perto ou longe, a mãe segue-a. Não lhe escuta a voz, não a vê, mas sabe que a mãe a acompanha, está a assistir a tudo isto. Lúcia pressente o seu espanto. Durante o caminho, muitas vezes, Lúcia olha para o que a rodeia, imaginando os olhos com que a mãe está a ver essas mesmas imagens.

Na charneca, os homens afastam-se e deixam Lúcia ir ao encontro dos primos. Não chega a saber há quanto tempo a esperavam. Francisco dirige-lhe mágoa silenciosa, Jacinta emociona-se ao ver a prima, recupera uma esperança que tinha perdido. A multidão faz uma pausa para assistir a essa reunião. Estes campos nunca viram tanta gente.

Perguntas que as pessoas fazem a Lúcia:
A Nossa Senhora come batatas com azeite?
A Nossa Senhora pastoreia ovelhas?
A Nossa Senhora tem dentes?
De que cor são os olhos da Nossa Senhora?
A Nossa Senhora nunca se engasga?
A Nossa Senhora já foi a Lisboa?
A Nossa Senhora também dorme à noite?
Quantos anos tem a Nossa Senhora?
A Nossa Senhora anda descalça ou de botins?
A Nossa Senhora tem sempre a mesma roupa?
A Nossa Senhora tem criados?
A Nossa Senhora é monárquica?

Seguida pelos primos e pelos olhares de milhares de pessoas, Lúcia começa a avançar para a azinheira. Leva uma certeza que lhe abre caminho. Sem ajuda, aprendeu a ser uma menina muito séria. Vai com passos seguros, um a um, não quer errar em nada. Mesmo não olhando para trás, sabe que a mãe é um rosto entre a multidão. Entre todos os rostos, aquele rosto único. À sua passagem, são muitos a querer tocar-lhe, a querer falar com ela. Lúcia permite que a toquem, considera todos os que lhe dirigem palavra, mas, agora, já não pode parar. Com respeito, segue sempre.

Pedidos que as pessoas fazem a Lúcia:
Pede à Nossa Senhora para falar mais alto.
Pede à Nossa Senhora para cantar uma canção.
Pede à Nossa Senhora que dê juízo à mocidade.
Pede à Nossa Senhora que leve o meu pai para o Brasil.
Pede à Nossa Senhora que me faça crescer dez centímetros.
Pede à Nossa Senhora que me ponha boa dos nervos.
Pede à Nossa Senhora para vir jantar a minha casa.
Pede à Nossa Senhora que me deixe viver até ao Natal.
Pede à Nossa Senhora que cure a minha mãe, o meu pai, a minha avó, o meu avô, o meu irmão, o meu filho, pede à Nossa Senhora que cure o meu filho, a minha filha, a minha afilhada, este menino, esta menina, este bebé.
Pede à Nossa Senhora para aparecer a toda a gente.
Pede à Nossa Senhora que traga o filho da próxima vez.

Guardiã da azinheira enfeitada, Maria da Capelinha recebe Lúcia. Não falam. Os seus olhares tocam-se e afastam-se. Há uma tristeza solene nas vozes deste povo, homens a segurarem as boinas, mulheres magoadas por intempéries que só elas conhecem. Quando se vira para os milhares de olhos que a fixam, Lúcia recebe a força desse impacto. Procura a mãe durante alguns instantes. Não a encontra, mas sabe que também está aqui, à espera da sua sentença. Então, sem aguentar mais, Lúcia ordena que se reze o terço. *Ave, Maria*, um desfasamento, *ave, Maria; cheia de graça*, um breve desfasamento, *cheia de graça; bendita sois vós*, entre aqui e lá longe, *bendita sois vós*; um desfasamento na velocidade com que as orações se alastram por tantas vozes a repeti-las. As orações são como uma caminhada, lenta, coletiva, todos se dirigem para o mesmo lugar, são companheiros de uma viagem épica. Mas, de repente, sabendo mais do que todos, Lúcia interrompe o terço. Milhares de pessoas à espera. Passa uma aragem por gritos solitários que são lançados na distância, de um lado, de outro lado, de outro. Lúcia diz que chegou o momento. Ajoelha-se. Jacinta e Francisco ajoelham-se logo a seguir. O resto das pessoas não se ajoelham porque também querem ver.

x

15 [1] O reflexo do céu nas águas do lago é capaz de confundir o céu e o lago.
[2] Nenhum mal nasce dessa mistura.
[3] Se o lago se achar céu ou se o céu acreditar que apenas existe refletido nas águas do lago, todas as regras da natureza serão mantidas e toda a vida que depende do lago e do céu prosseguirá inalterada.
[4] O reflexo também carrega a sua verdade.
[5] Com essa verdade, aquele que reflete é refletido e, no mesmo instante, também o refletido reflete.
[6] Assim somos nós, mãe.
[7] Pelo amor, eu a refletir-te e tu a refletires-me, eu a ser reflexo de ti e tu a seres reflexo de mim.
[8] Recebi o amor que me deste e com ele te fiz.
[9] Recebeste o amor que te dei e com ele me fizeste.

(Ter-te feito, ter padecido à tua conta desde que nasceste, não é razão para castigo. Muito estranho é aplicar-se pena a quem apenas sonhou e, após dor que não pode ser descrita, trouxe ao mundo uma vida dependente de tudo, rude, ingrata e egoísta.)

16 [1] Se algum castigo te
tocar, nenhum apocalipse
será suficiente
para cobrir a infâmia
dessa injustiça.
[2] Porque és tu que dás a luz,
és tu a luz.
[3] Mãe, nascente limpa,
promessa de futuro infinito,
se algum castigo te ofender,
que se suspenda a minha
obra.
[4] Então, da raiz ao último
ramo, tudo será posto em
causa.

(Como seria cómodo se fosses responsável apenas pela distância a que chegam os teus braços. Na realidade de estarmos aqui, incorpóreos e incompletos, estas palavras que escreves provocam conjeturas, formam opiniões e dão azo a gestos. São sempre assim as palavras, esses são os espaços que ocupam. A superfície onde as pousamos está inclinada, acabam sempre por descair. Por isso, se quiseres avaliar o efeito do que disseste, esquece a intenção que lhe deu origem. A tua vontade está tão distante do último lugar onde chegaram as tuas palavras que, nesse caminho, perdeu toda a importância.)

17 [1] Peço-te perdão, mãe,
luz mais incandescente
do que o sol.
[2] Se fui indigno do que
antecipaste
para mim, se te faltei
no que só eu podia permitir,
esperarei quarenta anos no
lugar mais estéril da criação,
prescindirei de estações
e de todas as espécies
de alimento.
[3] E, mesmo que nenhum
sacrifício traga conforto

ao filho que causou dano
a sua mãe, darei mais força
ao sol, nitidez sempre aquém
da claridade que emanas.

4 Será esse o meu desígnio
para que te fazer ainda
mais incandescente.

(Não precisas de pedir desculpa. Perdoei-te antes de a luz se separar das trevas, antes mesmo de as trevas cobrirem o abismo. Ainda não tinhas escrito uma única palavra e já eu te tinha perdoado. Perdoei-te antes do verbo.)

X

Lúcia levanta-se com muito custo. Ao virar-se para a multidão, o seu rosto perde a idade. Falta-lhe ânimo até para dar um passo. Maria da Capelinha agarra-a logo. Falaste-lhe da capela? Jacinta e Francisco encolhem-se atrás da prima. Falaste-lhe da capela? O rosário pende da mão estendida de Lúcia, baloiça devagar. Maria da Capelinha espera resposta, hálito morno de sopa e dentes que não prestam para nada, como ela própria costuma dizer. Grave, preparada para assistir à reação, Lúcia confirma com a cabeça. Posso dar andamento à capela? Há alguma coisa que distorce o tempo e, com ele, as palavras. Posso dar andamento à capela? Lúcia volta a confirmar com a cabeça.

Jacinta e Francisco não são capazes de livrar-se das mãos que os impedem de avançar. Lúcia procura a mãe na distância da charneca, nos campos multiplicados por gente, tanta gente. A pouca distância, há mulheres desfeitas em choro por não terem visto nada; dizem-se perdidas, dizem que Nossa Senhora não as quer. Há outras, não poucas, que se insurgem. Uma dessas agarrou-se a

Jacinta, aperta-lhe os ombros e sacode-a, chama-lhe fingida. Há quem acuda à menina, mas Jacinta já está a chorar. Coitada, até Lúcia tem dó da pequena. É nesse momento que recolhe a sua capacidade e, depois de levantar o queixo para procurar a mãe, não a encontrando, Lúcia levanta a voz. Os que estão mais perto pedem silêncio aos que estão atrás. O silêncio vai-se impondo como uma onda. Por fim, de encontro à aragem daquela hora, a voz de Lúcia esganiça-se, é uma voz de rapariga de dez anos. Diz que, ali mesmo naquela charneca, no dia 13 de outubro, a Nossa Senhora irá voltar e, então, dará um sinal para que não restem dúvidas. Um milagre? A pergunta de Maria da Capelinha é feita em voz baixa, mas Lúcia responde em voz alta, para toda a gente ouvir: sim, um milagre.

X

Mas ela nunca se descaiu? Às vezes, os casos deslindam-se com detalhes, por mais pequenos. Mesmo tratando-se de sucedidos que tenham tomado proporções deste bom tamanho.

Nem eu nem o pai gostamos de puxar este assunto com ela. Já basta a falta de senso em que tudo se tornou. Não nos largam a porta, armam barraca e ali ficam o tempo que for preciso. Muito tenho rezado, senhor prior; peço por todos os meios a Deus que ponha tento na cabeça da cachopa e lhe tire este convencimento. Mas o Senhor ainda não me quis dar essa graça.

Deixe o Senhor fora disto, esta aleivosia não pertence ao cuidado divino. Se quer ver resolução, será melhor que fale com a sua filha.

Eu já a ameacei de tudo, senhor prior. E não foram poucas as palmadas bem assentes que arrecadou. Mas não dá sinal de acabar com este sainete. Afianço-lhe, senhor prior, se não tivesse carregado esse peso na barriga, se não a tivesse visto a sair, diria que esta rapariga não me é nada.

O padre encolhe os ombros, não tem resposta para Maria.

Ninguém olha para Lúcia. Num canto da sacristia, a pouca distância, sentada numa cadeira de pau, escuta a conversa da mãe e do padre nos intervalos da sua própria conversa.

Não te cansas de ser sempre um lencinho?

Como me iria cansar, menina? Falta-me tudo para deixar de ser eu próprio. Mesmo que embarcasse nessa ilusão, nunca poderia imaginar ser outra coisa, não conseguia. Mesmo que me convencesse de que havia alternativa, que podia ser outro, aquilo que imaginasse não chegaria a ser diferente da minha espécie porque, no fundo, seria concebido pelos meus padrões, ideias e preconceitos.

Pensas demasiado, lencinho, complicas. Só te queria dizer que estou cansada de ser eu. Parece-me agora que gostava de ser outra coisa, talvez um lencinho, como tu, guardado no meu bolso, dobrado e morno.

Irias admirar-te com o tanto que te falta saber sobre a vida dos lenços. E, se estás cansada de ser tu, este é um momento tão bom como outro qualquer para abandonares essa imprudência. Cansa-te seja do que for, mas nunca te canses de ti porque, em toda a lonjura deste mundo, só tu podes ser essa pessoa que és e, se faltares, não há quem te possa substituir.

OUTUBRO

x

(No teu entendimento, sou uma nuvem, demasiado distante para ser concreta. Flutuo por cima do que acontece, não contribuo para o enredo, nada se altera por minha causa. No teu entendimento, sou intrínseca e inerente. Todavia, falta tudo o que desconheces. Uma nuvem não pode ser feita de chumbo. Na hora em que nasceste, também eu nasci. O teu olhar trouxe-me oportunidade de abandonar o peso dos erros, memórias inúteis. Descobri tarde que, afinal, sem esses erros, eu era outra pessoa. Num tempo em que não existias, durante longos sábados de inverno, a tua avó costumava sentar-se comigo ao lume. As tuas tias já tinham escutado aquelas histórias muitas vezes e, mesmo assim, continuavam a sorrir ao ouvi-las de novo. Andavam ocupadas com a casa, cuidavam da loiça ou passavam um trapo pelo tampo da mesa. Só eu, pequena e importante, tinha o direito de ficar ali, sentada ao lado dela, compenetrada. A tua avó acreditava que essas palavras eram literais, não conseguia distingui-las das intenções com que as dizia. Ai de mim, se tivesse ousado contradizê-la. Mas, sabes, esta é a questão: aquilo que acontece fica na hora em que acontece, as palavras não são capazes de carregar o tempo, há muito que deixam passar entre as letras, escorre muita verdade pelos buraquinhos dos ós. O passado recusa mestres e proprietários. Existe um abismo entre as recordações que guardamos dos mesmos momentos. Existe um oceano invisível entre o teu e o meu rosto. Quando deste os primeiros passos, emocionei-me tanto, o ar tornou-se sólido de repente, não me passava pela garganta. Mais tarde, ao longo dos anos, houve sempre instantes em que fiquei apenas a olhar-te, admirada, aliviada e orgulhosa por teres braços que funcionam, pernas que caminham. Havia tantas possibilidades que podiam ter-nos calhado. Mas tu nunca reparaste, deste sempre tudo por garantido. Se alguma vez tivesse falado nisso, acharias graça como quando pergunto se levas roupa interior limpa antes de saíres. Um dia, se fores atropelado, quando estiveres a passar pela vergonha, hás de lembrar-te. Nesse dia, deixará de ter graça. Nunca me viste rir dos teus defeitos e bem sabes que são bastantes. Não me rio sequer de quando pareces acreditar que sou um corpo gasoso suspenso na atmosfera, destituído de compreensão e humanidade. É certo que, como as nuvens, todos distinguem imagens diferentes quando me olham a sério, quando gastam um minuto e me analisam. Mas é também por isso que não sou essas palavras, estas palavras, por mais que as escolhas uma a uma no vocabulário que conheces, parcela ínfima do vocabulário que existe. Além disso, falta muita pontuação para os tons que moldam a minha voz e que, no intervalo das palavras, falam de subtilezas que nunca saberás descrever. E, mesmo assim, sei que não vale a pena pedir que desistas: irás procurar-me em tudo. Os teus esforços, no entanto, estão destinados à imprecisão. Não sou, sequer, a imagem que vês quando te apareço. Os teus olhos apenas veem o que são capazes de ver. É sempre assim. É tua obrigação desconfiar do que vês, questioná-lo até ao último resto de sombra. Podia agora despedir-me, fingir que me vou embora. Prescindo dessa farsa: quando não me achares na tua cabeça, será porque tu próprio não estás lá. Sou a tua mãe, sou o universo. Acredita: nunca me conseguirás manter entre parêntesis.)

x

A primeira luz acabou de abrir o dia. Os objetos da casa, as paredes, as madeiras, a terra, as pedras e as folhas das árvores do quintal soltam um cheiro fresco. A memória da noite dilui-se num cinzento translúcido, também fresco, que assenta sobre todas as cores e as entristece. Carolina e Glória movimentam-se debaixo da candeia, a mãe permitiu que a ateassem. No silêncio de pequenos sons, tentam existir ao mínimo. Manuel desapareceu no curral. Os animais conseguem sempre ocupar-lhe as mãos e a cabeça. António Abóbora, pai desconsolado, está sem ação, embasbacado numa ideia, mau hálito. Lúcia olha para a mãe. Estão juntas, o zelo de uma sobreposta ao zelo da outra, como se não existisse mais mundo, como se o rosto de uma iluminasse o rosto da outra. Maria pede à filha que se desdiga. Com voz de veludo, pede-lhe por favor. Lúcia não responde, assiste a esse momento pela primeira vez. A mãe enumera-lhe razões, fala de um passado que Lúcia desconhece e de um futuro que Lúcia nunca imaginou. Hipnotizada pelo fio dessa voz, cada sílaba da mãe é um sobressalto e, ao mesmo tempo, faz parte de um caminho da natureza, como uma nascente. Lúcia começa a habituar-se a esta mãe que volta a pedir-lhe por favor, que lhe segura os dedos. Lúcia não sabe dizer quanto dura o instante em que ficam de mãos dadas. Já sem palavras, a mãe implora-lhe agora só com o olhar. Então, não recebendo resposta, a mãe começa a chorar, como desesperada, e levanta-se de rompante. As irmãs param a meio de um gesto, o pai desperta para essa urgência. Perdendo delicadeza, Maria ordena que a acompanhem até à casa de fora, precisam de rezar, fazer pazes com Deus, pedir perdão a Nossa Senhora, vão todos morrer hoje.

A chuva não deu descanso durante toda a noite, cai agora com a mesma persistência. As vozes na rua começam a reunir-se. Lúcia ao lado da mãe, Carolina, Glória, Manuel e o pai um pouco mais atrás, rezam diante do crucifixo. Tentam que a concentração não se afaste daquelas palavras entoadas, mas há muitas ideias intermitentes a desinquietá-los, a piscarem de onde menos esperam. Se o milagre anunciado não acontecer, vão matá-los. Às vezes, Maria convence-se das palavras que meia dúzia de pessoas, o padre entre elas, tiveram coragem de lhe contar. Sem nomes ou horas certas, não se sabe quem, não se sabe quando, fala-se de uma bomba que arrasará tudo: casas e pessoas. Nos anos da sua vida, Maria viu que chegue para supor a destruição daquela casa, resguardo de tudo o que construiu. Da mesma maneira, tem capacidade de imaginar corpos estropiados, mas parece-lhe que, depois de perder aquelas paredes, não haverá préstimo para braços ou pele. A memória dessa ameaça faz Maria contrair o rosto, pronunciar as orações com mais ímpeto. Mas, noutros momentos, também num impulso, chega-lhe uma serenidade completa, muito leve: se houver uma bomba armada para rebentar, ninguém poderá impedi-la.

Por nós, pecadores, agora e na hora da nossa morte.

Desistiu de usar a tranca e de incomodar-se. Quando as pessoas começam a entrar, Maria continua ocupada com a panela que está ao lume. Na porta aberta, vê-se a chuva que desce pela rua. Entram os que querem um descanso enxuto, querem olhar em volta. Acompanhando sombras, chega uma mulher de outra aldeia. Ninguém ali a conhece. Traz um vestido para Lúcia. Pede licença a Maria, que não a ouve, e segue com a menina para um quarto, onde já está muita gente. Em cima da cama, troca-lhe o vestido, não consegue abotoá-lo atrás, aperta no pescoço. Fica desabotoado, não faz mal. Então, tira a coroa de flores que traz na cesta, Lúcia admira-se, e pousa-lha com muito cuidado na cabeça. A menina enleva-se. A mulher sorri e, abrindo caminho entre as pessoas que já enchem todas as divisões, sai. Continua para casa de Jacinta, também tem um vestido e uma coroa de flores para ela.

As varetas dos guarda-chuvas escorrem fios de água.

É Maria que fecha a porta. O marido leva um casaco que não costuma usar, o melhor que possui, e leva a expressão macambúzia da sobriedade. A filha mais velha junta-se às irmãs. Carolina e Glória vão de braço dado, protegendo-se uma à outra. Há mãos a estenderem-lhes grandes guarda-chuvas de pastor, a família fica coberta mal chega à rua. Para Lúcia, há vários guarda-chuvas a empurrarem-se sobre a sua cabeça. Envolvida pela multidão, sem escolha, segue no meio dessa roda. O caminho é todo de lama e poças. Num instante assinalado, duplicam as gotas de chuva e a velocidade a que se lançam sobre a terra. O barulho das gotas sobre o pano dos guarda-chuvas e sobre a terra quase apaga o clamor das vozes, mistura desordenada de aflições. De repente, o cerco de gente abre-se para entrar Jacinta e Francisco. Na sombra, as três crianças olham-se, rodeadas por corpos, cobertas por guarda-chuvas.

Carros de bois, carroças, burros, mulas, automóveis a buzinar, bicicletas a desviarem-se com habilidade de todas as pessoas que enchem as estradas. Os campos estão cheios de crianças a chorar, de gente com farnéis. A chuva inunda-os a todos por igual. Sem pernas para andar, estendidos em catres, os doentes estão cobertos por lençóis encharcados, vestidos apenas com camisolas de algodão ou camisas de noite. Debilitados e assustados, levantam os braços suportando o peso das mangas. Lúcia e os primos não escutam os seus gritos silentes, bocas abertas para nada, lábios finos de desespero. Lúcia e os primos passam por uma multidão que se afunda na lama. Quase todos lhes guardam deferência, ajoelham-se à sua passagem, baixam a cabeça, compenetrados nas dores que aqui os trouxeram. Mas há outros, com suficiente força e número, a quererem tocar-lhes e, depois disso, a quererem agarrá-los. Num momento, são esses que rompem o cerco e puxam Lúcia, Jacinta e Francisco de vários lados. A chuva entorna-se sobre essa desordem. Punhos fechados cingem os braços das crianças, levantam-nas do chão. Lúcia não é capaz de chorar. A água e as mãos aleijam-na de igual modo. Há quem lhe puxe o cabelo, há quem só queira apertá-la de encontro a si. O pai e o irmão de Lúcia, ajudados por vários homens, conseguem obrigá-los a largar as crianças. Com as roupas desconjuntadas, no centro de uma poça de lama, as crianças recompõem-se. Lúcia consola Jacinta, abraça-a. São primas, criadas juntas. Depois desse abraço, numa amálgama de exageros, Lúcia e os primos são levados à azinheira.

Não tem mais de um palmo. Restam três ou quatro dedos de um tronco, um cepo coberto por flores, ramos de plantas campestres e fitas de seda.

A que horas vai chegar Nossa Senhora?
Ao meio-dia, senhor prior.

Lúcia responde com voz apagada. O padre olha para o relógio e tenta falar à multidão. Já passa do meio-dia, voltemos a casa. A chuva não permite que o ouçam, a deselegância tira-lhe credibilidade, há demasiadas pessoas a gritar ao mesmo tempo.

Durante mais de uma hora, Lúcia e os primos ficam ajoelhados debaixo de guarda-chuvas, debaixo de chuva inclemente. Então, de repente, para de chover.

X

Lúcia levanta-se devagar. Com ela, seguindo o relevo da charneca, todo este povo desperta ao mesmo tempo. Há os que olham uns para os outros, tentando descobrir se já terminou ou se ainda não começou, curiosos por saber se alguém viu alguma coisa; e há os que esfregam os olhos, ainda encandeados por terem fixado o sol diretamente. Nesse compasso, Jacinta e Francisco apercebem-se pela primeira vez da quantidade de pessoas que enche aqueles campos, e escondem-se atrás da prima. Cansado de chuva, o céu apresenta uma calma rara. Lúcia conforta o olhar no céu até Maria da Capelinha a devolver a esta terra, lama coberta por gente. Na superfície da multidão, distinguem-se pontos de polémica, são como fogueiras: gente que insiste em versões diferentes. Maria da Capelinha levanta a voz para perguntar o que disse Nossa Senhora. Com pouca vontade, Lúcia responde em voz baixa, fala da capela. Uma capela? Nossa Senhora não pode ser contrariada, mãe de Deus, espírito imaculado, corpo virginal, incandescente de virtude, como o sol, mais brilhante do que o sol. E, de todos os lados, são atiradas vozes a Lúcia, umas aflitas, outras mortificadas. Entre essas, algumas perguntam pela guerra, vozes de mães como Maria. Lúcia fala com clareza. Os que estão perto conseguem ouvi-la bem e reproduzem essas palavras exatas na distância. A guerra vai acabar e os militares voltarão em breve para as suas casas. Silêncio por um momento. A esperança traz ainda mais serenidade ao céu. Todos os guarda-chuvas estão fechados. Mas Maria da Capelinha quer mais. Apesar de falar com os lábios quase colados ao ouvido da criança, Lúcia só a escuta à segunda vez. A custo, responde. Que não ofendam mais a Nosso Senhor. Só isso? Lúcia está fadigada. Sim, só isso. Por fim, a mãe de Lúcia consegue abrir caminho até à filha. Ao verem-se, têm o mesmo rosto: uma saiu de dentro da outra.

Com uma mão pousada sobre o ombro da filha, avançam juntas pela multidão, respeitando toda a gente. Os sobrinhos vêm logo atrás, como duas sombras tímidas. Mãe e filha não querem falar a ninguém, não querem responder às perguntas e aos pedidos que todos têm para fazer. No mundo inteiro, por todos os cantos da terra, há tantas maneiras, tantos feitios e, mesmo assim, não há quem exista isento de dor. Procurando, todos encontram ao menos uma queixa. Já chega, Maria quer proteger a filha e, mais do que tudo, Lúcia quer ser protegida pela mãe. Mas a vontade não é suficiente para impedir o que já vem a caminho, que ganhou balanço durante tempo e tempo. Dezenas de mãos grossas, acostumadas ao trabalho de nada ser fácil, agarram Jacinta e Francisco. Virando-se, Lúcia ainda consegue ver o rosto de Jacinta, franzido de tristeza inocente. Mas, logo a seguir, são mãos dessas que também a agarram, homens e mulheres que precisam de levá-la, não sabem para onde. Maria tenta segurar a filha, mas prendem-na pelos ombros, mãos cingem-na por todos os lados. Entre Lúcia e a mãe, o pânico e os gritos. Mas a força da multidão é selvagem e impossível, consegue rasgar essa unidade. Levadas por marés opostas, Lúcia e a mãe afastam-se, cada vez mais longe, separadas para sempre.

X

18 [1] A vasilha mede-se
pela capacidade,
assim é também
o entendimento.
[2] Que se desengane aquele
que julga pelo corpo, maior
é a consideração a guardar
pela esperança.
[3] Resolvem-se mais provas
pela ciência e pela arte do
que pela força de pernas
e braços;
[4] mesmo assim, se o tempo
de estudo for devolvido dez
vezes, a esperança garante
uma recompensa diária
de eternidade,
[5] desde que se acredite nisso.
[6] O que será daquele que
come e pensa se não tiver
esperança?
[7] Viver é acreditar que se vive.
[8] Aqueles que vivem acreditam
em países onde nunca
foram, em doenças de que
nunca padeceram e, tarde ou
cedo, acreditarão na morte.
[9] Há tantas mortes quantos
os olhares e as consciências.
[10] Cada um morrerá da morte
em que acredita.
[11] O amor serve para o mesmo
exemplo: cada um só será
capaz de dar e receber
o amor em que acredita.
[12] É por isso, mãe, que és

concreta, mesmo que sejas
multiplicada por cada um.
[13] Para cada coração, terás
um rosto próprio, essa
será a medida justa.
[14] Criei tudo o que existe
e tu, mãe, és o que está
à volta de tudo, no lado
de fora de tudo, maior
do que tudo.
[15] Como o horizonte, és tu,
mãe, que nivelas o que
somos capazes de ver,
és tu que garantes
o equilíbrio.
[16] Entre o infinito do céu
e o infinito da terra, existe
o teu infinito, igualmente
desmedido e ilimitado.
[17] Mãe, o tempo não é capaz
de conter-te.
[18] Mãe, morte e amor.
[19] Mãe, esperança.

Nota do autor

Este é um texto de ficção. No entanto, os dados que o compõem têm como base a informação contida nos livros *Memórias I a VI*, da autoria da Irmã Lúcia de Jesus, assim como as transcrições das entrevistas e outras referências do livro *Era uma senhora mais brilhante do que o sol*, pelo padre João de Marchi. O texto em maiúsculas da página 48 pertence à folha de rosto da primeira edição de *Missão abreviada*, do padre Manuel José Gonçalves Couto (1859). A citação presente na página 91 faz parte de um artigo publicado no jornal O *Século* de 23 de julho de 1917.

ESTA OBRA FOI COMPOSTA PELO GRUPO DE CRIAÇÃO EM ELECTRA E
IMPRESSA PELA PROL EDITORA GRÁFICA EM OFSETE SOBRE PAPEL PÓLEN BOLD
DA SUZANO PAPEL E CELULOSE PARA A EDITORA SCHWARCZ
EM MAIO DE 2017

A marca FSC® é a garantia de que a madeira utilizada na fabricação do papel deste livro provém de florestas que foram gerenciadas de maneira ambientalmente correta, socialmente justa e economicamente viável, além de outras fontes de origem controlada.